今日も珈琲日和

「珈琲屋台 出茶屋」店主

鶴巻麻由子

Kyou mo Coffee Biyori

Mayuko Tsurumaki

かもめの本棚

Contents

目次

ご注文毎に
お豆を挽いて
心を込めて
お淹れします。
小金井の井戸水を
鉄瓶で沸かして

600円
1000円
マフィン
ライス

はじめに

出茶屋は珈琲の屋台。珈琲を淹れる道具一式をリヤカーの屋台に積み込んで、曜日ごとの出店場所まで引っ張って歩く。

花屋さんの軒先や、公園やお祭り会場、平屋の民家の庭で縁側を挟んで出店する日もある。その日の出店場所へ到着すると、七輪と火鉢に炭火を熾し、鉄瓶でお湯を沸かす。

東京の西側、自然が多く残る小金井市は、地下水が豊富で、水がおいしい街なのだ。炭が赤々となるころ、お湯が沸く。珈琲道具を広げて小さなイスを並べ、丸看板を出したら、「珈琲屋台 出茶屋」の一日が始まる。

花屋さんに出店する日の最初のお客さんは武蔵小金井駅の近くの居酒屋のマスター。買い出しの後、仕込みの前に寄ってくれる。姿を見ると、いつもの出茶屋ブレンド珈琲の準備。珈琲豆を手挽きのミルで挽いて、沸いたばかりの鉄瓶のお湯をポットに移し、ハンドドリップで珈琲を淹れる。

平屋の民家で、ぼんぼん時計の音を12回聞くころ、お庭は珈琲屋に様変わり。畳の上で遊ぶ子どもたち、かたわらでお母さんたちは珈琲を楽しむ。

小金井公園に出店する日は、朝早くからお散歩する人もたくさん。大きなケヤキの木の下に吹く風は涼しい。

夕暮れどきになると顔なじみのお客さんがたくさん集まる。時間が来ると、みんなの話し声を聞きながら、後片づけをする。残っているお客さんも手伝ってくれたりする。


場所にかかわらず毎日のように来てくれる人もいれば、曜日ごとに来てくれる人もいる。親子連れもいれば、仕事や散歩、買い物の合間に1人で来てくれる人もいる。ご近所さんや、遠方から珈琲を飲みに来てくれる人もいる。いろんな人が立ち寄って、そして日常の珈琲の時間が流れる。

出茶屋には壁がない。晴れの日も雨の日も、夏も冬も、小さな屋台からどこまでもつながる空の下、それぞれの人たちの日常の中に「珈琲屋台 出茶屋」はある。

そんな屋台へと続く道を、つづっていく。

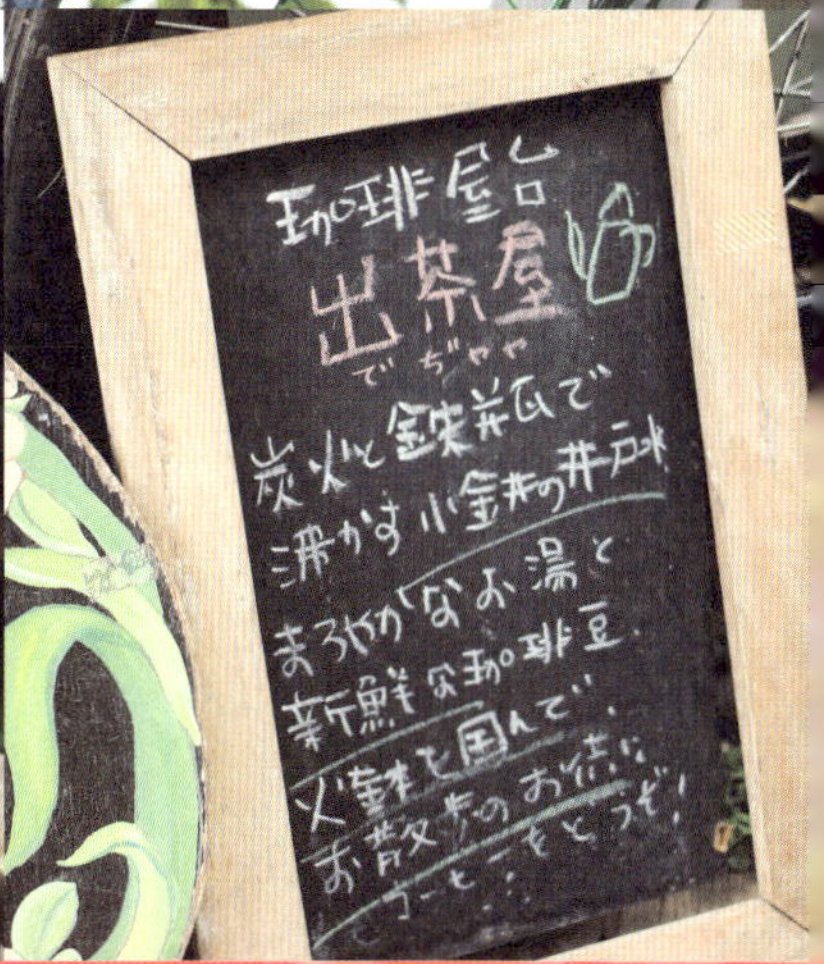
珈琲屋台
出茶屋《でぢゃや》
炭火と鉄瓶で
沸かす小金井の井戸水
まろやかなお湯と
新鮮な珈琲豆
文庫を囲んで
お散歩のお供に
コーヒーをどうぞ!

1　軒先を借りるということ

２００３年の年末、引っ越し先を探していた中で、ＪＲ中央線の武蔵小金井駅に初めており立った。ドクロの指輪をして物件まで案内をしてくれた不動産屋さん。「あそこのカレーがおいしくてね」とか、「ここが３億円事件の車乗り捨て現場なんだよ」とか、小金井案内が面白くて、なんだかわくわくした。

帰り道には「ここに住みたいな」と思っていた。

不動産屋さんに教えてもらったカレー屋さんがあったのは、武蔵小金井駅から小金井街道を南へ歩いて5分ほどの前原坂上交差点の近く。この交差点は小金井周辺で「はけ」と呼ばれる国分寺崖線《がいせん》の上にあって、坂を少しくだってから崖の上は橋になっている。

橋の横には、はけ下の1階と橋横の3階も入り口になっている面白い構造の建物が並ぶ。坂の向こうを望むと遠くには多摩の山並み、西には富士山がきれいに見えて、橋の横には大きな木々が揺らぐ。

その交差点を少しくだったはけの上に、民族雑貨屋さんと花屋さんが並んでいた。

夕暮れどき、民族雑貨屋さんの店頭には色とりどりの布や小物が並び、花屋さんの前は緑がこんもりしていて小さな森があるよう。開放的なお店の中からは優しい明かりときれいな花々が見える。

その景色が心に残った。

翌年11月、屋台ができあがり、お祭りに初出店。それから最初の1年は、商工会で小金井のお祭りを教えてもらったり、市報に載っていたお祭りに「出たいです」と電話をかけたりして、少しずつ出店を重ねた。

そろそろ定期的な出店場所を見つけたいと考えて、一番に浮かんだのはあの坂の上の場所。

「あのすてきな景色に屋台を出したい」と心に決めて、最初に民族雑貨屋の「楽《らく》」さんに相談に行った。


楽さんの店番をしていたAさん。「いいと思う」と社長に推してくれた。社長もOKを出してくれたけれど、「屋台を出せる場所は2つのお店の前だから、隣の花屋さんもいいと言ってくれたら」とのこと。


お隣の花屋さんは「ペタル」さん。

店主の森さんからは「面白いと思うけれど珈琲を飲んでみないとわからない」と言われ、珈琲道具一式を持って出直し、お店で珈琲を淹《い》れて飲んでもらうことになった。

珈琲屋台
出茶屋

豆を挽《ひ》いて、ドリップをして、緊張の瞬間。

「これならお客さんに出せる」と森さん。

森さんのお店に対する姿勢が伝わって背筋が伸びた。これ！ というものをお客さまに提供して、対価としてお代をいただくということ。大切なものをビシッと見せられたと思う。

そして05年11月、毎週土、日曜の楽&ペタル軒先出店が始まった。

市報を見て出店させてもらうことになった「消費生活展」では、園芸店「オリーブ・ガーデン」さんの尾路《おろ》さんと出会った。出店のときにおしゃべりをしていて、「お店のアーチを屋台が通れれば、うちで出店していいよ」と言ってくれた。

オリーブ・ガーデンさんは隣の東小金井にある。

東小金井駅に初めておりたとき、大きな衝撃を受けた。

霧が出た夕暮れどき、当時2階にあった改札口から北側の階段をおりると、目に飛び込んできたのは、「モーゼ」と書かれた巨大な板看板。周りを見ると、ロータリーに沿うわけでもなく、好きな方向を向いて並ぶ建物たち。よく見ると、モーゼは昔からありそうな喫茶店とゲームセンターの入った建物だった。ネオンでもない板看板の明かりで浮かび上がる駅前の雰囲気は、どこか温泉街のようだった。

そして駅から小金井公園へ向かう道は用水路跡に沿っていて、深い緑に覆われていた。

古い松の横には小さな鳥居があって、市杵島《いちきしま》神社へと続く細く長い参道が見える。神秘的な空気すら漂っていた。

オリーブ・ガーデンさんは駅から線路沿いを東に5分ほど行ったところにある。隣はスタジオジブリ。ジブリ前の大きなケヤキの木とあたりに漂う静かな雰囲気。お花と緑がいいなぁと思った。

アーチの幅を測ってみると、屋台の屋根とその差は2センチ！　ぎりぎり通った！　楽さん&ペタルさんの軒先に続いて、平日週2回のオリーブ・ガーデン軒先出店がスタートした。

駅前でも、車や人の往来が武蔵小金井駅ほど多くなく、屋台で通ることに違和感も覚えなかった東小金井駅前。再開発による変化を横目に見ながら、週2回オリーブ・ガーデンさんに向

かった。

オリーブ・ガーデンさんでの出店は10年をこえ、今も続いている。人なつっこく話しかけてくれた当時5歳だったオリーブ・ガーデンさんの娘さん。今はもう中学3年生だ。毎週「おかえり」と言って娘さんの成長をそばで見ていられるのがうれしい。

丁寧に育てられた季節の花や緑を楽しみながら珈琲を飲むぜいたくな空間。そしてオーナーの尾路さんご家族、看板犬ヒールとのふれあいも、オリーブ・ガーデン軒先出店には欠かせない。

楽さん&ペタルさんの前の小金井街道も再開発され、今はどちらの店もここにはない。坂の上からの景色、はるか遠くの山にはよみうりランドの観覧車も小さく見えて、お店の軒先から見ているのがとても好きだった。

約4年間通ったその場所は、出茶屋《でぢゃや》にとって定期出店の原点になった。

楽さん&ペタルさん。最初の定期的な出店で、今思うと「あれもこれも気がついていなかった」とドキドキする。いろんな人に助けてもらっていたんだなあと思う。恐ろしさと、感謝で胸がいっぱいになる。

並びのとんかつ屋さんや不動産屋さん、マンションに住む方たち。そして楽さん、ペタルさん、お客さんたち。

そういえば、出茶屋にある丸看板は、当時楽さんで働いていた星加海《ほしかうみ》ちゃんが楽さんを辞めるときに描いてくれたもの。その後、新聞の連載や個展など、画家としての活躍の場が広がる海ちゃんの貴重な作品は、みんなの目に留まる、出茶屋の自慢の看板だ。

移転後もペタルさんとはよい関係が続いている。

毎週、オリーブ・ガーデンさんではペタルさんの切り花を販売している。ペタルさんの作るブーケを毎週見られることはとても幸せなことだ。

「切り花扱ってないから助かるわ」と言う尾路さん。花屋さんが別の花屋さんのお花を扱うという関係は、なかなかないと思う。尾路さんの懐の深さが、心に響く。

新しい花や季節の花のこと、市場の話など、プロ同士盛り上がる会話を横で聞いているのは、楽しくて憧れる。そして二人のよい関係は、私にとっても、とてもうれしい。

壁もドアもない屋台での営業を受け入れてくれるお店は、気配りをする範囲に仕切りがなくなり、通りすがりでお店に用がない人ともかかわりを持つことになる。

そんな空間を楽しんで、屋台を包み込んでくれるお店の軒先があって初めて、出茶屋は存在できる。

「オリーブ・ガーデンとペタル」

2　山下さん

楽さん&ペタルさんの前を通っている小金井街道は、その当時有名だった〝開かずの踏切〟の影響で、渋滞の名所、バスもたくさん通る道だった。
通りから出茶屋のことを目にしてくれていた方もたくさんいたようで、ペタルさんが移転してから4年近く経った今でも、「あの坂の途中に出てる屋台だよね？」とよく言われる。私にとっていろんなことが始まった大切な場所だ。

定期的な出店を始めたばかりでドキドキしていたある日のこと。
「やっと会えた」と言って、にっこり立っている人がいた。
その人の名前は山下さん。ひげと帽子。まるでジブリ映画の『耳をすませば』に出てくるアンティークショップのおじいちゃんのような装い。

実際、すぐ裏の坂の下で骨董屋を営むおじいちゃんだった。山下さんはジブリ映画を観ていないと思うから、〝骨董屋のおじいちゃん〟というのは自然と同じようなスタイルになっていくものなのかもしれない。


山下さんは商工会報で出茶屋のことを知って、どこに出ているんだろうと気にかけてくれていたそう。出会ったその日から、毎週来てくれるようになった。出茶屋の出店も少しずつ増えていった1年。

「誰かが必ず来れば、お店を開けないわけにはいかないだろう」と山下さんが笑いながら話していたことがある。

2005年のクリスマスから出店を始めたオリーブ・ガーデンさん。翌年の春から週2日、お店をやらせてもらった日替わり店長の喫茶店「一滴《いってき》」さん、その秋から始まった「大洋堂書店」さん、と出店場所が増えても毎回来てくれた。

山下さんは、道行く人に次々と声をかけていく。独特の調子のいいおしゃべりで、お客さんを火鉢《ひばち》を囲む輪の中に引き入れていく。そうして知り合ったお客さんたちも、初めてのお客さんに話しかけて輪を作って……。山下さんが今の出茶屋のスタイルを作ってくれたなあと感じる。

そして、山下さんから始まった行事もたくさんある。当時の私にはとても言い出せなかったことばかり。お客さんを集めてイベントをやるなんて想像もできないころだった。

一滴さんでの営業日、静かに窓際に座っていた山下さんが突然「バーベキューやろう!」と言い出して、お盆の真っ最中に第1回バーベキュー大会を開催することになった。野川公園のバーベキュー場に20人ほど集まったと思う。途中ものすごい豪雨に見舞われ、木の下に皆で避難。それでもおいしくて、楽しくて、びしょぬれになってもっと楽しくなって、結局は雨がやむまで続けたのだった。

それから何度も開催したバーベキュー大会には、皆が持ち寄るおいしいものがたくさん。子どもたちは竹筒をくるくる回して焼くバウムクーヘンで盛り上がった。

そして、これまた一滴さんの店内、のどかな午後の時間。仕事の合間によくお昼ごはんを食べに来ていたプロのチェリスト・阪田さんに、山下さんが「みんなに聴かせてよ」のひとこと。

「ええっ！　プロに言っちゃったよー」と焦りながら、私はその会話を聞いていた。でも、「山下さんに言われたのならば」と阪田さんも快諾してくれてコンサートが実現することに。

「オリーブ・ガーデンで花に囲まれてなんていいんじゃない」と山下さん。

そこで私が恐る恐る相談しに行ったら、気持ちよくお店を会場にしてくれたオリーブ・ガーデンさん。花台を寄せて、スポット照明を動かし、イスをかき集めて、とセッティングを考えていたら、こちらもまた12月の末になんと台風のような豪雨！　もうすぐ１００歳になる阪田さんのチェロ。楽器をぬらすわけにはいかないことぐらいは、なんとなくわかった。

でも、中止という概念のなかった私……。「この豪雨ならお客さんも少ないか」と、オリーブ・ガーデンさんの室内でコンサートを決行した。ところが実際は店内がぎゅうぎゅうになるくらい、豪雨の中でもお客さんは集まってくれた。

ちなみに、阪田さんは「決行します」と言われて〝マジですか〟と心の中で思ったそうだ。すみません、阪田さん。

豪雨の無伴奏ソロコンサートの後は、１人はもうつらいと阪田さんが同僚を巻き込んでくれて、ギターデュオや弦楽四重奏と回を重ねて今も続いている。

外での演奏は大変だろうけれど、虫の音や、風に揺れる葉の音の中、お客さんも一緒にみんなで作り出す音楽は、ほかでは聴けないものだ。

山下さんが、奥さんの療養のために那須に引っ越したのはいつだったっけと、昔の写真を見返してみる。常連さんのまりちゃんがまとめてくれた写真の中に、お好み焼き屋さんで「山下さん行ってらっしゃい会」をしたときの写真があった。07年5月とある。えっ、そしたら山下さんが出茶屋に来ていたのはたったの1年半!? なんだか信じられない。

山下さんが那須に引っ越した翌月、出茶屋のみんなで泊まりがけで遊びに行った。これが「出茶部合宿《でぢゃぶ》」の最初になった。小金井から離れても、山下さんはみんなを巻き込んでいく。

山下さんは今はもう小金井にはいないけれど、山下さんが残していってくれたものがたくさんある。珈琲やお菓子を置いたり、子どもたちが絵を描いたりするちゃぶ台もその一つ。

ペタルさんの前で、山下さんが好きだったものたちが描かれている平林秀夫さんの絵（28ページ）。みんながそれぞれに思い浮かべる山下さんの思い出。出茶屋が始まったころからのお客さんだった勝連くんが沖縄に帰ることになり、家で使っていた火鉢や鉄瓶を私が引き受けることになった。「実はこれ、つるさんからもらったんですよ」と持ってきた鉄瓶は、私が山下さんからいただいて勝連くんに託したものだった。

あぁ、ここにも山下さんがいた。
そして、勝連くんに会いに出茶部合宿で沖縄に行った。

山下さんが小金井からいなくなって約8年。山下さんを知らない常連さんも増えたけれど、形があるものだけではない、山下さんが作った出茶屋の空気は今もそのまま続いている。

「山下さんの好きなもの」

3　銀杏おじさん

〝炭火がある〟という生活は、今どき珍しい光景のようだ。

私も屋台を始める前は、炭を扱ったことはほとんどなかった。

子どものころも全くアウトドアな家ではなかったし、炭火はみんなでやったバーベキューで確か……とか、祖母の家では練炭の掘りごたつだったのかなぁ、あれは？　とか、記憶の隅にちらほらあるだけ。

それが今ではすっかり炭火なしではいられないほど。ここまではまるとは。今も足元には火鉢がある。

屋台で炭を熾《おこ》していると、炭を見るのが懐かしいと思う人、新鮮な人、子どもに見せたいと言う人……炭火があるだけで自然と人が集まってくる。そして、手をかざしたくなる。
それに、餅を焼きたいなとか、干し芋を焼きたいなとか、みんなの記憶の中のおいしいものたちをきっと思い浮かべているのだろう。

以前、東小金井駅北口から徒歩5分のところにある大洋堂書店さんという本屋さんの軒先に出店していた。出茶屋はリヤカーの屋台。出店場所があってこそ営業できる。
縁がつながって出店させていただき、いろんな事情で移り変わっていくこともある。

大洋堂さんの軒先で出店を始めたのは2006年10月から。当時、毎週のように店の前を通って、オリーブ・ガーデンさんに屋台を引いて向かっていた私を見ていてくれた大洋堂さん。商店街のお祭りの打ち上げで、「うちで出店しない?」と声をかけてくれた。それから5年半、週に1回。交差点の角から見る風景が心に残っている。

大洋堂さんの前の通りは「地蔵通り」。交差点の角には大きな木があって、その下の祠《ほこら》にはお地蔵さんがいた。気をつけて見なければ、速足で通り過ぎてしまうほどなにげない景色が好きだった。

大洋堂さんの前の駐車場の横、芝生といろんな植物と、灯籠のある小さな空間をお借りして、出店していた。

その後、道路の拡張工事があって、出茶屋が出店していた場所はきれいな歩道になっている。お地蔵さんも引っ越して、大きな木も芝生も、なくなってしまった。あの、なにげない景色を思い出すのは難しい。

大洋堂さんの軒先での思い出を聞くと、みんな笑いながら「寒かったねー！」と言う。そう、その角の場所は南から北へ抜ける風、駅の風、西の風、いろんな風が集まるところだった。夏は涼しかったけれど、冬は関東とは思えないほどの極寒の中、炭火の前にかじりつき、震えながら珈琲を飲んでくれたみんなの姿を思い出す。

寒すぎることに笑ってしまいながら、困難な状況を楽しんでくれたお客さんたちに本当に感謝している。

もう4、5年前になるだろうか。大洋堂さんの軒先に出店していたある日のこと。自転車で立ち止まってこちらをじーっと見つめるおじさんがいた。

「何のお店かな？」とチラ見して通り過ぎたり、子どもに凝視（！）されることはよくあるのだけど……。

そのおじさんの視線の先にあるのは、どうやら七輪《しちりん》。

出茶屋では日々、火鉢と七輪を使っている。火鉢は暖をとったり、せんべいや餅などをあぶって食べたりが中心。火力の強い七輪はお湯を沸かすのに使っていて、網の上には鉄瓶が乗っていることが多いけれど、そのときは、お湯をポットに移していたときだったのか、七輪の網の上には何も乗っていなかった。

おじさん、しばらく七輪をじーっと見た後、自転車を止めこちらに近づきひとこと。

「炭？」

「ハイ」と返すと、腰を下ろしおもむろに何か袋を取り出すおじさん。

と思ったら、ばらばらばらっと袋の中から銀杏《ぎんなん》を取り出し七輪の網の上に置いた！

（あ！　銀杏置いちゃった!!）と思ったけれど、とりあえず状況を見守る。

網の上のたくさんの銀杏。

銀杏のことは詳しくないけれど（確か銀杏って割ったりしなきゃいけない

んじゃないっけ……、何も注文してくれてないけれど、ほかのお客さんの手前何か言わなきゃいけないかしら）などと思いを巡らせていると、「珈琲1つ」と注文をしてくれた。

とりあえずほっとして珈琲を淹れる。

しばらくはみんな、網の上の銀杏を眺めながら珈琲を飲んでいたんだっけ。そこはもうよく覚えていない。

それから事態は思ったとおりの展開に。網の上の銀杏たちは勢いよくはぜて飛び出し始めたのだ。

パン！　パン！　パンパン！　と銀杏たちはあちこちに飛び散る。それはすっごい勢いで、一同あたふたしながらも大爆笑。

あらあらと、芝生に転がった銀杏をみんなで拾い、そして食べる。

なんとなく場が一つになったような感じがして、おじさんもなんだかうれしそうだったような気がする。

「あのとき、どうだったっけ？」とその場に居合わせたお客さんに聞いた。すると、「僕の知らない常連さんなんだ、と思ったんだよね」。

確かに、あまりに唐突で有無を言わせない自然な流れで、初めて来た人だとは思えなかったかもしれない。もう一人の常連さんにも聞いた。

「あぁ、銀杏はじけるよと思ったよ。……でも食べたよね」

銀杏を拾ったり食べたり、ああだこうだ話がひとしきり盛り上がったころ。

おじさんが珈琲を飲み干して、「あ」とつぶやいた。

おじさんの珈琲カップの底には1粒の銀杏。

え!!

このときの衝撃といったらなかった。

みんなで飛び出す銀杏に集中していたとき。なんで珈琲カップに飛び込んだ銀杏に誰も気がつかなかったのか。

おじさんは本当に気づいていなかったのだろうか。

まるで手品のような見事なオチ。

それ以来、おじさんが銀杏をあぶりに来ることはない。

毎日屋台を引いているといろんなことが起きる。

それは誰でも同じことだけれど、毎日毎日少しずつ違う時間が流れている。

銀杏の絵を描いてくれた平林さん。あのときを思い出し「確か曇りだったよ」と言っていた。そう、確かにあの日は白い背景の思い出。

外にいると、風の強さや、太陽の光や、空の匂いを敏感に感じる。

そして、そのとき過ごしている時間が、その空気の感覚と一緒になって、記憶に残りやすい気がする。


銀杏の時間は奇跡のように面白かった。

でもそんな小さな奇跡は出茶屋では頻繁に起きているような気がする。

ハラハラとどこからか葉っぱが珈琲の中に落ちることも、猫が舞い込んでくることも、おじさんが来て銀杏がはじけることもあるのだ。


壁がない。敷居がない。屋台だから起き得る、突発的だったり、偶発的だったりする出来事。

屋台ならではの時間を、今日も楽しみにしている。

「銀杏おじさん」

4　19歳

「なんで屋台を始めたの？」とよく聞かれる。何て答えようかちょっと困る質問だ。やりたいと思ったから。でも、なんでやりたいと思ったのだろう。「さまざまな出会いや旅を通して」とざっくり答えているけれど、「これ！」という理由はない。

でも、「あれがなければ」という出来事はいくつかあって、一つひとつ積み重なって始められたのだなと思う。

屋台とも珈琲とも直接は関係ないのだけれど、その出来事の一つは、高校を卒業した翌日の出会いだった。

名残を惜しむおしゃべりで混み合っていた高校の卒業式後の女子トイレ。

「明日、ピュリツァー賞写真展を見に行こうよ」という会話が耳に飛び込んできた。よくわからないけれど、とても面白そうだと思い、けいこたちに交ぜてもらって出かけることにした。

卒業式の翌日、それが始まりだった。

千葉からせっかく都会に出てきたので3人で原宿をぷらぷらとしていると、ひときわ目立つ異様な建物を発見。近づくとその春にオープンしたばかりのギャラリーだった。

そこは、オリジナル作品であればプロ・アマ問わず誰でも自由に出展できるアートイベント「デザインフェスタ」のギャラリーとオフィス。

過去のイベントの写真を3人で見ていると、その部屋にアンデスの山からおりてきたような格好の人が入ってきた。ちょっと毒があって、でも温かい表情をしているその人。その部屋を出るころには、「出展料割り勘でデザインフェスタに一緒に出ようよ」と4人で盛り上がっていた。

私たちがピュリツァー賞写真展に行くと話すと、彼も一緒に行くという。会場の渋谷Bunkamuraに歩いて向かう道中の彼の話。栃木県の益子で陶芸を学ぶ彼は、渋谷近くの東京大学駒場寮の廃寮反対運動を手伝いに来ているという。

会場に着くと長蛇の列。「一緒に学生料金でチケット買ってよ」なんて言う彼を面白がって、まだ有効だった学生証と定期を駆使して、4人で一緒にピュリツァー賞写真展に入った。報道写真は、戦争の生々しさをありありと伝えるものばかり。大きな衝撃を受けて会場を出る。

「ここから駒寮近いし、ちょっと寄っていけば?」と彼が言う。コマリョウ、と聞いてもどんなところなのか全く知らなかった私たち。18歳の好奇心に任せて、のぞいてみることにした。

駒寮は、東大駒場キャンパス内にあった60年以上の歴史のある学生自治寮。大学側は1991年に廃寮を決定、それを認めない寮の学生たちと対立が続いていた。

初めて足を踏み入れた東大駒場キャンパスのその敷地は、とても鬱蒼《うっそう》としていて、森や池があった。渋谷の喧噪《けんそう》を抜けたら、こんなところがあるなんて！　驚きながらたどり着いた駒寮。いきなり焚《た》き火をしている人たちが目に入る。見上げると、一面ツタの這うとてもノスタルジックな建物。むちゃくちゃすてきじゃないか。

私とけいこは、その場所にぐっと惹かれてしまった。

それからの春休み。けいこと二人、駒寮に通うようになった。

お金はなくても時間だけはたっぷりあった。

私はその彼にすっかり恋をしてしまったし、その場所にも、けいこと過ごす時間にも恋をしていたのだと思う。

駒寮の一室に「蟻天」というBarスペースがあって、そこにはいろんな人が集っていた。風船の大道芸人、アマゾンを旅してきたという人、NGOで働くきれいな人、応援団長、歌う人、演劇の人、アングラな東大生。

誰かがどっかからもらってきた(?)という業務用の小麦粉の袋があって、キャベツを買ってきた彼が作る素お好み焼きを皆で食べたりもした。お代100円。

駒寮の前、焚き火をしていると、これまたいろんな人を見た。「だめ連」の人たちがデート部のチラシを配っていたり、「裸族」といって裸で走る人たちもいたような。あたりをニワトリが歩き、その卵を食べる人がいたり。

かつて寮の食堂だった場所が小劇場になっていて(野田秀樹が学生だったころ始めたそう)、クラブイベントも行われたりしていたが、私が通っていたころはあまり使われてなかった。ピアノが置いてあって、弾いて遊んだりした。

あり余る刺激に疲れると、私とけいこは二人で駒場のキャンパスをよく歩いた。寮の屋上もお気に入りの場所。暗い森の屋上から、渋谷の街のネオンを不思議な感覚で見ていた。

そのうち自分たちの大学生活が始まってからも、けいこと駒場に行く日々は続いた。千葉に帰る私たちは、終電を逃すと200円で泊まれる仮宿部屋に泊まったり、屋上で朝まで過ごしたりした。

間もなくけいこが西荻窪に一人暮ら

しを始めてからは、よくそこに泊まりに行った。たまにスーパーなどで試食を配るアルバイトをしては、後はただのんびり過ごす。1日100円でどう過ごすかなんて日も、けいこと二人で楽しんで過ごした。

そして5月、東京ビッグサイトで開かれたアートイベント「デザインフェスタ」に本当に出ることになった。彼は陶芸、けいこは写真、私は？

ゴールデンウイークのころ、彼が今から益子に帰るという。私は、ふらりと彼について益子に行くことにした。益子はちょうど陶器市を開催している時期で、田んぼの中をSLが走る、とてもいいところだった。

益子でぼんやりとメモを見ていた。駒場で過ごした時間から生まれた言葉たち。

そうだ、この言葉たちに色をつけてポストカードにしよう。

デザインフェスタに出展するものが決まった。

ほんの数カ月の出来事。私はそこで「自由」を見たと思う。肩の上に勝手に乗せていた何かをすっかりそこでおろしてしまった。

それから彼は益子に帰り、その後沖縄へ移住。けいこは外国へ旅立つことを決めた。私は大根農家の住み込みアルバイトにはまり、翌年大学を休学することを決めた。

たった3、4カ月の出来事だけれど、あの春から夏の時間がなかったら私の学生生活は大きく違っていただろう。

まだ珈琲にも屋台にも出会っていない19歳。それでもあの駒場で過ごした時がなければ、屋台にはたどり着かなかったと思う。

その約3年後、駒場寮は学生立ち退きの強制執行の後、建物は解体された。

けいことはその後もよく遊び、一緒によく旅をした。彼女はカナダ、フランス、イギリスと暮らし、イギリス人のドリューと結婚する。そして最近、千葉から隣町に引っ越してきた！

20歳のころ、「30歳になったら地中海のビーチで乾杯しようね」と話していたが、その目標は40歳、50歳、と引き上げられ続けるかもしれないけれど、今でもよく玉川上水あたりで楽しく飲んでいる。

いろんな18歳、19歳のころがあると思う。

親元から離れていく第一歩のころ。

これからも若者たちが、18歳、19歳の時間を平和な世界で過ごせることを願っている。

「想い出話し」

5　大根農家のアルバイト

高校3年の夏休み。予備校とは無縁の10人ほどが、高校の国語の夏期講習に参加した。

詳しくは覚えていないけれど、受験とはかけ離れた哲学的な内容がとても面白かった。ちょうどそのころ、『ソフィーの世界』を読んで哲学にかぶれていた私は、それまで映画や雑誌で憧れて「フランス人になる！」と決めていたのに、その高3の夏、フランス語学科志望をすべて哲学に変えた。

脳みそがあるのだから自分の頭で考えないと、なんて哲学に心を燃やしていたのも束の間。

春休みには駒寮に出会い、それどころではなくなった。

いざ大学生活が始まってみると、プラトンやウパニシャッドから今に至るまで、その昔からの哲学の膨大さに慄《おのの》き、弁論の授業に辟易《へきえき》し、哲学は苦手な数学に似ているとわかった。もちろん大学生活にはあまりなじめなかった。

そんなころ目に入った大根農家の住み込みアルバイト募集。

「こんなすてきなバイトがあるんだ！」とワクワクして応募。夏休みの1カ月、長野県の野辺山《のべやま》にある大根農家へ行くことになった。野辺山は標高1300メートルほどでJR最高標高地点。畑の中に国立天文台の観測所もある空気のきれいなところ。

お世話になったのは、ご家族で民宿と大根農家をやっている「りんどう」で、10人ほどのアルバイトが来ていた。

大根農家の仕事は、想像以上に体がしんどかった。

すべての作業で腰が痛い。「とにかく最初の1週間は耐えて頑張って」と声をかけてくれる先輩たち。

毎日毎日、大根、大根。種蒔《ま》き、間引き、大根を抜いて洗って。夢でも大根。

少しでも時間があればとにかく寝たい、食べたい、休みたい。ただそれだけしか考えられない。

山々を見ながら書くことがたくさんあるだろうと、駒寮のころからのメモや絵の具を持って行ったけれど、結局その夏使うことは一度もなかった。

それでも、そのうち体も慣れてくるもので、いろんな作業のコツも少しずつわかってくる。リズムをつかむと大根抜きなどとても気持ちがいい。

畑の休憩中やごはんの後、みんなとくだらない話で笑い飛ばした時間や、八ヶ岳の裾野を望むお風呂、空を金色に染める山に落ちる夕日。

楽しかった、と心底思う。

あっという間の1カ月で、まだ帰りたくなかった。大学へ戻る理由もイマイチわからなくなっていた。私にはほかにもっと大切なことがある気がして、大学をやめることも考えた。

夏のひと月だけだとなんとも中途半端な感じがした大根農家での生活。シーズンが終わるまでやってみたいという気持ちが強く残った。

翌年、大学を休学することを決めた。

まずは、3カ月間アルバイトをして旅費を貯め、初めての海外へ。1年目のりんどうで民宿のアルバイト仲間に聞いたNPOの活動が面白そうだったから。滞在費はかからず、その土地ごとにさまざまなボランティア活動をして過ごすというもの。

外国に行ってみたいという気持ちで探したものだったけれど、身体障害者の夏のバカンスの手伝いでアメリカのニューハンプシャーの山の中で過ごした1カ月間は、とても刺激的でいろんな価値観を知るいい体験だった。

そして帰国後、なんとなく気が大きくなったまま2年目のりんどうへ。

7月の終わりから10月半ばまで。シーズン通しての時間はやっぱりかけがえのないものだった。10月にはもう八ヶ岳はうっすらと白くなり、セーターを着て、水槽の水はとんでもなく冷たい。

20歳。なんというか、いちばんやんちゃな年ごろだった。思い返すと顔を伏せたくなることもたくさん……。

でもとにかく楽しかったし、苦労と喜びを共に過ごして一緒に暮らしたみ

んなとは、何年経っても久しぶりに会えばこの間のことのように笑い合える。

２０１４年の夏、りんどうで一緒だった仲間がお盆に遊びに行くというので、シーズン違いで働いていた友人のけいこたちと一緒に遊びに行くことにした。当時は小さかったりんどうの子どもたちも大人になって、夏の手伝いに来ていた。野辺山も八ヶ岳も、そして民宿と農業のりんどうの皆さんと仲間たちとの久しぶりの再会は、本当にうれしい時間だった。

仲間の子どもたちも、上の子はもう中学生。そして、大きくなったらりんどうにアルバイトに来たいと言っていた。

「ここ数年は外国の人がほとんど」と言う親方。今年は仕事が早くて助かるという。「何でも人だよ」と。

「みんな変わらないね、外見は」とニコニコしていた。中身は大きくなれたかな。

屋台を引くとき、体がしんどいとき、思い浮かべるのはりんどうのばあちゃんのこと。大根のしんどさを思い出すと、屋台を引くことなんてたいしたことないと思う。

そして、私がりんどうで働いていたとき、60歳をこえてもばりばり働くばあちゃんの姿、焼酎9対水1の水割りをおいしそうに飲むばあちゃんの姿はとってもも頭に焼きついていて、うまいこと体の使い方を身につければきっと〝還暦屋台〟もいけるんだと、ちらっと思う。

今は畑には出なくなったけれど、アルバイトさんのごはんを3食毎日作っているというばあちゃん。毎年アルバイトさんが来るのに、みんなの顔をしっかりと覚えていて、これがまたそれぞれに痛いところを突いてくる。

まだまだ、ばあちゃんにはかなわない。

めちゃくちゃ名残惜しく飛び乗った野辺山駅からの最終列車。

なんだか不思議な気分だった。お墓掃除やオーディオ屋、喫茶店、風変わりなバーなど、いろんなアルバイトをしたし、いろんなところへ行った。その一つひとつを点と点で考えていたように思う。でも、それが線でつながった感じ。

結局のところ、場所はあまり関係ないんだと思う。どこにいても、何をしてても、つながっている。

残る休学の半年、野辺山から帰るとそのアルバイト代で初めての一人暮らしを始めた。西荻窪の風呂なしアパート。そしてアルバイト生活と復学、珈琲と出会うのは、もう少し先。

「大根畑とおばあちゃん」

6　屋台を引く

夏は屋台を引くのにいちばんきつい季節だ。でもたっぷりと汗をかいて、セミの声を聞きながら風に当たっていると、夏もいいもんだと最近は少し思えるようになってきた。

２００４年の夏。小金井市商工会青年部の「夢プラン」に珈琲屋台の企画が通り、１年間で達成すれば10万円の助成金をもらえることになった。

いざ「屋台を作る」と決めたもののどうやって作るのか、インターネットで調べてみた。見つけられたのは東京でたった1軒。

『リヤカーの博物館　株式会社ムラマツ車輌』というホームページ。「様々なリヤカーを製作しています」とあるように、写真を見ると本当にいろんなリヤカーや屋台が載っていた。

さっそく電話をかけてみると、できあがった屋台を売っているわけではなく、「まずはどんな屋台を作りたいかファクスして」とのこと。でも、屋台ってどんなふうに作るのか、それがわからないんだけど……。相談に乗ってもらいに行ってみることにした。

初めて「ムラマツ車輌」さんへ行くのにおり立ったのは、三ノ輪だったか南千住だったか。どちらの駅から行っても、小さな町工場が軒を連ねる人間くさくていい街並み。

江戸っ子というか、そのさっぱりした物言いに初めはドキドキしていたけれど、何度か通うようになって、社長も工場長も、みんな親身になって私の話を聞いてくれているのがわかった。

屋根のテントを何色にするか。

分厚いカタログを見せてもらって最初にこれにしようと思ったものは、実は赤じゃないのだ。アラブっぽい感じの模様の入ったオレンジのもの。でもそのテントが欠品で「さて、どうしよう」と考えたとき、スケッチブックと絵の具を出して描いたのが今の屋台の色だった。

大好きなリンゴと、砂漠と、草の色。


最初に相談に行ってから約3カ月後、いよいよ納品の日が来た。

ムラマツ車輛さんで、できあがったばかりのピカピカの屋台とご対面。その後、屋台と一緒にトラックに乗せてもらって、小金井に戻った。

それから1週間後、初めての屋台出店の日は工場長も駆けつけてくれた。

「こんなに重くて大丈夫かな」と心の奥で思ったのを引っ込めて、「早く毎日、屋台を引けるようになりたい」と思った。

日常になればきっと慣れるはず。最初の1年はお祭りのみの出店だったので毎回試行錯誤。準備も片づけもとっても時間がかかった。近所で屋台を引く練習をすることも。そしてだんだんと荷物も定まり、しまう場所も決まってきた。

先日、久しぶりにムラマツ車輌さんに遊びに行った。ところ狭しとできあがったリヤカーが並び、溶接マスクをつけて骨組みを作っている職人さんの脇を通って事務所へ。10年前、屋台製作の相談に乗ってくれた村松社長と山田工場長。昨年、村松社長がお亡くなりになって、山田工場長が後を継がれたそう。

変わらぬリヤカーへの熱い想い。事務所は、山田社長と奥さま、先代の村松社長の奥さまの温かい時間が流れている。ムラマツ車輌から旅立っていった、いろんな屋台やリヤカーの話で盛り上がった。

山田さんの娘さんも屋台のお菓子屋さんから始めて、今は万世橋のお店に屋台を入れて、そのほかにも数店舗を持って販売しているそう。すごい。お土産にいただいた「NOAKE（野空）」さんのチーズケーキ。とてもおいしくて、娘さんに会いたくなった。リヤカーや屋台の受注は減ってきているそうだけど、それでも「リヤカーはなくならないよ」と社長の言葉。

「洗濯板がなくならないように、リヤカーもなくならない」


10年をこえ、屋台を引くことは日常になった。

慣れても重いものは重い。でも、載せ方や引き方のコツをつかんで、だいぶ軽く引けるようになったと思う。重心をどこに置くかで、屋台を引くときの重みは全く変わる。出茶屋の屋台は、動きやすいように持つところが輪になっていないので腕で支えるのだけど、初動のとき、坂をのぼるとき、くだり坂で屋台を全身で止めるとき、腕だけじゃなくて腰を入れて平衡を保ちながら扱う。

屋台を引きながら歩くと街中の微妙な勾配がわかる。普段、徒歩や自転車だと平らに思うところも、少しのぼりだったり、くだりだったりして。大ざっぱに言うと、東から西に、山に向かってのぼっている感じ。

少しでもくだっていると屋台を引くのはとても楽だ。何にも力はいらなくて、ただ屋台を支えていればいいだけ。これが少しでものぼりだと、途端に大変になる。でも勢いがついていれば、多少ののぼりもすいっと楽にいけちゃう。

だから、屋台を引くときの私は身一つのときよりも速いのだ。

小金井の地形は、東西はほぼ平らな道が多いのだけれど、南北には必ず坂がある。南には野川が流れ、「はけ」と呼ばれる国分寺崖線があって、自転車でもなかなかのぼりきれない大変な坂。北にも、南よりはゆるやかだけど、仙川を中心に谷間がある。屋台にとっては、ゆるやかで長い坂道はひときわ大変だ。

小金井の北端にある小金井公園、南のはけの下にある中村文具店や武蔵野公園へは、いつも週末に出茶屋を手伝ってくれる石崎さんや、平林さんをはじめお客さんみんなに屋台を押してもらうこともある。

1人ではどんなにつらいかと思う坂道も、2人だったり3人で後ろから押してもらうと、のぼりくだりができる。

みんなに助けてもらって、屋台を続けられているんだと思う。

屋台を引いていると、いろんな視線を感じる。

最初のころは、びっくりして振り返る人も。外国の方に「引っ越しか？手伝うか？」と声をかけられたこともあって面白かった。

今では見慣れた人も多いのか、「珈琲屋さんだ！」とか「今日はどこで？」と声をかけてもらうことも。道を聞かれたり、運送屋さんやよくすれ違う人、「こんにちは」とあいさつを交わす人も増えた。

あるとき、暗くなったころのオリーブ・ガーデンさんからの帰り道。中学生の男の子たちとすれ違うときに聞こえてきた言葉。

「オレ、あんな仕事したいな」

すっごいびっくりしたけれど、なんだかとてもうれしかった。

本町住宅の横の築樋《つきどい》(江戸時代の用水路跡)を引いていたあるとき、声をかけてくれた女性が思いがけないことを言ってくれた。

「会えるとラッキーだと思うんです。今日も頑張ろうって」

屋台を引くのを見て、そんなふうに思う人がいるなんて。

さあ、今日も頑張ろう。

「出茶屋あっちこっち」

7　平林家

平林さんと初めて会ったのはオリーブ・ガーデンさんだったと思う。

いかついお兄さんと二人でやってきて、珈琲を飲みながら、なにやら音の話で盛り上がっていた。そして、「これから小金井公園にジャンベをたたきに行こうか」と去っていった。

それから数回その二人で登場しては、音の話。向島のあたりで、いろんなものを鳴らしてみて、その音を楽しむ、というような音のワークショップをやっているようだった。面白そうなことやっている人だと思っていたら、そのうちに一人でもふらっと現れるようになった平林さん。出会いは音楽の人だった。

たまに一緒に来るようになった奥さんのちさとさんはとっても美人さんで、人見知りなのか最初は静かな印象だった。だんだんと、お仕事のこと、アートのこと、少しずつ知っていった。そんな二人が、小金井の市民講座に応募したという。「小金井発！・芸術文化を書くこと／伝えること講座」――へえ、地元の講座にも興味あるんだなあ、と思った。

私もそのころ、初めて小金井のイベントに実行委員として参加していて、小金井との距離がより近く、なんというか地元感が出てきたころだった。


平林さんは、海みたいでもあり山みたいでもある人で、初めて会った人でもなんとなく話し込んじゃったりする。銀杏おじさんとも盛り上がっていたし、出茶屋のお客さんたちともすぐに仲よくなった。

そんなある日、平林さんご夫婦に赤ちゃんができて、おなかの大きくなったちさとさんも、出茶屋によく来てくれるようになった。みんなが案じる中、心配で（？）どんどん痩せていった平林さん。平林さんのためにも、早く生まれてきてほしいと思った。

そしてある雪の降る日に、つむぎちゃんが無事誕生した。


当時、オリーブ・ガーデンさんの裏に住んでいた平林家。

市民講座からつながった縁で、今のおうちの大家さんと出会った平林さん。「誰かこの家に住みたい人、いないかなあ」と相談を受けて、「それなら我が家が」と手を挙げたそう。


とはいえ、推定築50年の木造平屋一軒家。

最初に平林さんから話を聞いて見に行ったとき、季節は春。お庭には一面に芝桜が咲いていて、夢のよう。

おうちの中の様子はというと、まず、鉛筆が転がる。そして、窓や壁のあちこちに隙間を埋めるためか、ガムテープが！　ほかにも、あちらこちら手を加えたほうがいいところが、たくさんあったのだと思う。

普通にリフォームなんてしたらえらいことに。平林家で、自分たちの手によるおうち改造計画。もちろん出茶屋に来ていたみんなも、ワクワクしながらお手伝いをすることになった。

まず、地元工務店の杉山さんに相談に乗ってもらい、鉛筆の転がる床を直そうと、ジャッキで柱を上げる。そう、ジャッキで平屋は持ち上がるのだ。とはいえ、かなり重たそうでみんな汗だく。

思い返すといろいろあったけれど、無事、家はほぼ水平になった。

そして砂壁に下地の糊を、その上に珪藻土《けいそうど》を塗った。それぞれが自分の持ち場を楽しく塗って、「ここは○○壁だ」と自分の名前をつけて誇らしげに語ったりする。

ところどころ破れた襖《ふすま》に切り絵を貼ろうというのは、ちさとさん案。みんなのすてきな切り絵がたくさん貼られて、楽しい襖が完成した。

その家への引っ越しの決意をそのころ聞いた覚えがある。それは当時、平林さんやちさとさんの背中に小さくおんぶされていたつむちゃんのこと。「つむぎがその平屋で走り回る姿を想像して……」と二人が言っていたのを思い出す。

2010年8月。土、日曜に出店していたペタルさんの移転に伴い出店場所が変わり、月に1回の日曜、いよいよ平林家での出店が始まった。平林夫妻のお絵描き教室も始まって、だんだんと出店回数も増えていき、今は週に1、2回出店している。

平林家の居間も庭も、引っ越しの当初、きっと二人が思い描いたとおり、つむちゃんが走り回っている。

そしてたぶん、これは引っ越した当初は思いも寄らなかったことかもしれ

平林
KyKlOPSketch
キュクロプスケッチ
2014.5
スケジュール

ないけれど、庭に屋台が入り、みんなが珈琲を飲み、居間では平林家主催のお絵描き教室やデッサン会、いろんな企画が生まれている。

親子でお絵描き教室に参加していた深水祐子さんが、ご自身のわらべうたの活動を平林家の雰囲気の中でできたらな、とつぶやいて始まった「絵本とわらべうたの会」。けいこの旦那さんのドリューもこの昭和な雰囲気が大好きで、子どもの英語教室もスタートした。子どもたちも大人たちもたくさん集う場所になっている。

カレンダーを書いていて、「まるで学校みたい」と笑う二人。そう、少しずつ寺子屋のようになってきて楽しいのだ。居間がステージになる「縁側を挟んで」シリーズもある。庭にイスを並べ、窓を外すと、小さな芝居小屋ができあがる。バリ舞踊、落語、怪談、切り絵物語、そして「縁側で着物の仕立てと和の噺《はなし》」と続いている。

そんな平林夫妻の活動には、「KyklopSketch（キュクロプスケッチ）」という名前がついている。Kyklopsは1つ目の巨人。大きな空想、想像の象徴として名づけたそう。だんだん増えていった教室やイベントは、とても自然に生まれたもの。珈琲を飲みながら、「あれやりたいよね〜」とか「見てみたい」とか、そんな話から、「じゃあやってみよう」ということに。

そして、そこでつながった縁からまた次の企画が生まれたりして……。

「平林さんって何者？」とよく聞かれるけど、絵描きであり、ミュージシャンであり、料理人であり、大工であり、色を塗る人であり、とても言葉では説明できない。平林秀夫さんなんだ。

平林家前の路地にはよくチョークで描かれた子どもたちのお絵描きがある。縁側やボンボン時計、ご近所の雷オヤジ——なんというか昭和の時間が流れている。誰もが親戚の家に遊びに来たような感覚を味わう。忘年会ともなると、だ〜っと簡易テーブル（美術本＋板）を作って30人も集まることも。子どもたちもたくさん。一緒に遊んだり食べたり泣いたり、きょうだいのようでいいなあと思う。

平林さんの絵は、居間からお庭をスケッチしているところ（78ページ）。火鉢、キーボード、そして、ちさとさんの作品の鉄塔Tシャツ。そこに登場する平林ファミリーはつむちゃんデザイン。

あるときの、出茶部会長の枡本《ますもと》さんのひとことがうれしかった。

平林さんのお絵描き教室「KyklopSketch」のホームページアドレス
http://kyklopsketch.jimdo.com

「出茶屋や、平林家のやってることはね、いいと思うんだ」
戦中、戦後、高度経済成長とその崩壊を見てきた、80歳を過ぎた枡本さんの言葉。

「平林家って？」と出茶屋の出店カレンダーを見た方によく聞かれるけど、そんな場所。

縁側で、お庭で、居間で、のんびり珈琲を楽しんでほしい。

「平林家」

8　冬支度

初めてのお客さんに「真冬も営業されるんですか」と聞かれることがある。実は、冬は出茶屋の醍醐味ともいえる季節だ。

10年前、屋台を始めた最初の冬は、ずいぶんと軽装備でやっていたなあと思う。火鉢と七輪の数も少なかった。だんだんと出店が増え、それぞれの場所、それぞれの季節に合わせて備品も増えてきた。

夏から冬にかけてクーラーボックスの氷が減り、持ち運ぶ炭はぐんと増える。暑い間は蚊取り線香をたいていた火鉢に、いよいよ炭が入る。1つだった火鉢と七輪を2つずつに、私の足元にも火消し壺を置いて火鉢代わりにする。

ご注文毎に
お豆を挽いて
心を込めて
お淹れします。
小金井の井戸水を
鉄瓶で沸かして

お湯を沸かす鉄瓶が乗る七輪と火鉢を囲んで、みんなが手をかざす。

冬は、空が澄んでいるから好きな季節だ。

ぱりっと張り詰めた空気の中で飲む温かい珈琲は、より体にしみる気がする。そして寒い中の炭火はなんて暖かいことか。

各出店場所に置かせてもらっている七輪と、屋台で運べる最大限の火鉢とイスの数もだんだんとそろっていった。

出茶屋の備品も冬模様になっていく。

夏物と冬物、常連さんのまりちゃんに作ってもらっているクッション。出茶屋に並ぶ小さなイスに合う、とてもかわいくてうれしくなるクッション。カバーの衣替えをすると、季節が変わるなぁと思う。

珈琲が冷めないようにカップに着せる〝コーヒーキャップ〟はフェルト手芸が得意な、ささぼんに作ってもらった。

膝かけを炭火の暖かさを囲むようにかけるとさらに暖かい。

クリスマスのオーナメントやペタルさんの冬のリースなど、お客さんからいただいたものや、「はけのおいしい朝市」で出会ったかわいい小物たち。クリスマス、お正月、節分と、いろんな飾りつけを楽しむ季節だ。

「ずっと外にいて、風邪ひかないんですか？」ともよく聞かれる。それがなかなかひかない。もともと丈夫なうえに楽しく働いているし、建物の中の人混みより、外の澄んだ空気の中で気持ちよく過ごしたほうが風邪をひきにくいのかもしれない。

子どものころからほぼ毎年なっていたしもやけにも、屋台を始めてからならなくなっていることに気がついた。たぶん、屋台を引いて汗をかくのがいい運動になって、血行がよくなっているんだと思う。

冬は好きだけれど寒がりなので、出店場所に到着してから、ものすごく着込んでいる。東京の寒さはたいしたことないといっても、寒いものは寒い。何枚も重ね着をして、帽子とマフラー、レッグウォーマーとアームウォーマー、さらに腰と首筋、足先のカイロも標準装備。

これで炭火があれば、寒さもそんなに怖くない。

そして冬にしかない魅力もある。

冬の朝の小金井公園は、その美しさと静けさになんだか興奮を覚えるほど。夏には見えない富士山も、冬の澄んだ空気の中、雪化粧をしてとってもよく見える。夕方に見る富士山のシルエットも格好いい。

明かりもまた、冬の出茶屋を彩るものの一つだ。

日が短くなると、15時過ぎには夕方の日差しになって、16時には暗くなり始める。小さなランタンと、風があまりない日にはキャンドルに火をともす。

ぼんやりと黄色い明かりが温かく、夕暮れどきが楽しい。
夜になると火鉢の炭が赤く燃える様子が魅力的だ。

出茶屋で使っている炭は3種類ある。七輪はお湯を沸かすためにどんどん燃やすから、火がつきやすく、わりと長持ちする安価の竹炭を使う。下の窓から空気が入るから、新しい炭を足していけば火がつくのであまり気を使わない。

火鉢は、炭いじりが醍醐味《だいごみ》。灰の中に備長炭を埋めて、その上にくぬぎ炭を置く。その置き方で火力も変わってくる。空気がよく流れるように、炭と炭はつかず離れず、立ててあげるとよく燃える。長く燃やしたいときは、炭を横にして置いたり、半分灰で埋めて燃やせばゆっくりと燃えていく。

面白くてたくさんくべていると、小さな炎も出るほど。そして、その暖かさに炭火の前をなかなか離れられなくなる。

出茶屋で炭いじりの楽しさを覚えて、自宅に火鉢を置く人も増えた。鉄瓶を置いておけば、そのうち湯が沸いてしゅんしゅんと出る湯気がいい湿り気にもなる。

出茶屋で販売している「スプンフル」さんのスコーンを炭火で温めると、これまたとってもおいしい。マシュマロを焼いたり、干し芋や団子、大判焼き、コロッケにおせんべいやミカンも火鉢の上に並ぶこともある。焼きたいものを持ち寄ってみんなで食べるのも冬の楽しみの一つ。

私が子どものころは、火鉢は身近になかった。長野の山奥にある母の郷里には練炭の掘りごたつがあったけれど、「冬は寒いから帰りたくない」という母。帰るのはいつも夏だったので、体験することはなかった。

出茶屋に来ている子どもたちを見ていて、「子どものころに屋台や火鉢が身近にあるって、どんなふうなんだろう」と思う。
小さな子も自然と手をかざすし、大人をよく見ていて炭のことを覚えていくのがいいなあと思う。
お母さんに連れられて1歳半から出茶屋に来ている小学4年生のはるちゃんは、うまいこと炭をいじっておせんべいを焼いているし、平林家のつむちゃんもミカンを焼いて楽しそうだ。

昨年の冬、平林家のお庭で出店していて、ふと「いい匂いがする」と気がつくと、縁側で子どもたちが火鉢を囲んで〝どうぶつクッキー〟を焼いていた。年上の子が小さな子に教えてあげて、どうぶつクッキーをひっくり返したりして温めている様子を見て、なんだかとても心が温かくなった。

寒さとともにやってくる珈琲の味わいと炭火の暖かさは、冬の屋台ならではの楽しみだと思う。

「暖をとる」

9　西荻生活

1999年11月、大根農家から帰るとすぐに、西荻窪で部屋を探し始めた。初めての一人暮らし。自分で払えるならというのが一人暮らしの条件だったから、家賃の安いところに限られる。地元の不動産屋さんを回って何部屋目かで決めたのは「たつみ荘」。中央線がすぐ横を通る風呂なしの1K。それでも陽の入る明るい部屋が気に入った。

大根農家のアルバイトで貯めたお金のほとんどを引っ越しで費やす。働かないと、とめくったアルバイト情報誌で目についた新宿の有名なパーラー。おいしいもの食べられそう、なんて気持ちが甘かった。

4カ月近く八ヶ岳の麓で農業をやって帰ってきたばかりの私は、新宿の喧噪も、大きな組織にも全くなじめなかった。今思えば自分から壁を作っていたのだろうけれど、働く人たちとも合わないうえに、ひそかな狙いだった賄いでフルーツが食べられることも全くなかった。2週間くらいで電車に乗るたびに頭が痛くなるようになり、ひと月ももたず逃げ出すように辞めた。

完全なる敗北。

今までやってきたアルバイトは、小さなところも大きなところも楽しく働いてきたと思う。

この敗北に私は混乱した。

「なんで働かなくちゃいけないんだろう」

訳がわからなくなった。

一人暮らしを始めたばかりのがらんどうとしたその部屋で、何週間か働く気力もなくぼんやりと過ごした。

小学校5年生のころ、よく遊ぶようになった瑞穂。彼女はそのころから料理が得意で、ある日、私の家でシュークリームを一緒に作った。当時、母がレモンの会というお菓子教室に行っていたのをもじって、私たちの集まりは「レモンの汁会」と命名。

それからしばらくその名は忘れていたけれど、中学校を卒業してからもよく会っていた4人、瑞穂と陽子とさちこと私。いつからか4人で集まる会をレモンの汁会と呼ぶようになって、高校、大学、社会人になってからもそれぞれの誕生日を祝ったり、引っ越しを手伝ったり、ごはんを食べたり、泣いたり笑ったり。今もこのレモンの汁会は続いている。

私が西荻に引っ越したときも、ほぼ同じタイミングで瑞穂や陽子も一人暮らしを始めたところで、お互いの家へよく遊びに行っていた。

西荻で働けないまま年を越す。そんな中、陽子がうちに来て言った。

「バカじゃないの。生きるために働くんだよ」

その言葉を聞いて、つきものが落ちたように、腑に落ちてしまった。

そうだ、生きていくために働かなくちゃ。

その足で陽子と隣町の吉祥寺へ行ってぶらぶらと街を歩いた。ダイヤ街の脇道を入ったところにある「ディスクユニオン吉祥寺店ジャズ・クラシック館」。目に入った「アルバイト募集」の文字。「これだ!」

クラシック館で働きたいと思い「アルバイトしたいです」と突撃した先は、1階のオーディオユニオンだった。その間違いに気づく間もなく、「いいですよ」と即決。

こうしてアンプが何かも知らなかった私が、オーディオ屋さんで働くことになった。

働くことに意欲満々でもあったし、初めて知るオーディオのこともとても面白かった。マニア、というか、オーディオそのものにとても興味のある人と話すことは、こちらが知らなくても人間性を感じて面白く思ったし、そういう空間は私にとって落ち着くものがあったのかもしれない。

その建物は4階建てで、1階がオーディオ、2階がジャズ、3階がクラシック、4階が共通の休憩室となっていて、ほかの階の人たちとのおしゃべりもできた。

オーディオユニオンの店長は長嶋茂雄さんみたいな人で、毎日驚きもあってなんだか面白かったし、社員さんも、もう長いバイトさんも、初心者の私に丁寧にオーディオのことを教えてくれた。100万円をこえるセットで音楽を聴くことなんてそうそうあるものではないし、貴重な体験だったと思う。いつかあのアンプとあのスピーカーでレコードを聴きたい、なんて憧れたことを、これを書きながら思い出した。

3階のクラシック館はこれまたマニア色が強い印象だけど、店長の藪さんはやけに明るい人だった。クラシック館に限らずほかの階のアルバイトさんともよく飲みに出かけていて、私もたびたび誘ってもらった。ハモニカ横町にある渋い居酒屋、田楽屋、喫茶店「くぐつ草」。吉祥寺のいい場所たち。

藪さんとはその後も縁が続く。私が神保町《じんぼうちょう》の喫茶店で働いていたときは、お茶の水のディスクユニオンに勤めていて交差点でばったり会うし、出茶屋を始めたときにちらと映ったテレビを観て電話をくれて、今でも横浜からはるばる珈琲を飲みに来てくれる。

歳は離れていても友達と呼べる人だ。

さて、話は初めての一人暮らしに戻る。

大家さんはアパートの通りを挟んだところに住んでいたから、家賃は毎月大家さんに払いに行った。

「学生さんなのに自分で生活費を稼いで一人暮らしを始めるなんて偉いわ」と言ってよくしてもらい、ごはんに呼んでもらったり、お風呂に連れていってもらったりしたこともあった。


当時西荻には4軒ほど銭湯が残っていて、いちばん近い銭湯は自転車で5分くらいのところにあった「玉の湯」。宮造りの瓦屋根、高い天井がとてもすてきで、古くから残るいい日本の銭湯だった（2009年に惜しまれつつ閉店）。

真冬も真夏も、銭湯の熱い湯は病みつきになる。西荻は夜が長い街で、23時ごろまでやっている古本屋さんや喫茶店がけっこうあったから、銭湯の行き帰り、古本を眺めて1杯の珈琲でのんびりする時間もよかった。

お金はなかったからよく納豆と白米で過ごした。バイト先でのお昼どきは、伊勢丹（当時）の屋上でバッティングセンターの音を聞きながら卵とケチャップだけのオムライス弁当を食べたりしていた。吉祥寺の屋上からはよく山が見えた。

お給料日や「今日はもう疲れた！」という日は、西荻の喫茶店「それいゆ」に行った。ジャコとホウレンソウと卵とベーコンの「鉄骨パスタ」を食べれば、もう大丈夫な気がした。

西荻での時間はなぜかセピアの色がつく。詩と宗教の街、なんていわれるほど詩人や思想家が多く住んだ街だ。中央線とはいえ吉祥寺と荻窪に挟まれて、土、日曜の快速電車は停車しない西荻窪の駅。個性的なお店がたくさんある文化的で面白い街だ。

規模こそ違えど小金井とどこか通じるところがあるような気がするし、西荻で暮らしたから小金井にたどり着いたのだと思う。今でもたまに遊びに行っては、西荻って面白いなあと思うけれど、武蔵小金井の駅をおりて虫の音が聞こえてくると、ただいま、と思う。

そして春を迎え復学。

大学へは相変わらず必要最低限しか行かなかったけれど、まだ何も勉強していないからとりあえず頑張ろうと思い、それから1年、西荻から大学へ通い、吉祥寺で働き、2年生を無事終えた。

その1年の写真を見返して見ると、何度目かの京都、タイ、台湾と、けいことよく旅をしていた。

とにかくバイト代と奨学金で細々と暮らし、少しでもお金が貯まったらバックパックの貧乏旅へ行った。

翌年春、けいこはカナダへ1年間のワーキングホリデーに旅立った。

「それでは行ってきます」

私は、カナダへ遊びに行きたかったこともあるし、お金を貯めようと思って、いったん実家へ帰ることにした。約1年半の最初の一人暮らし。生活費こそ自分で稼いだとはいえ、学費は出してもらっていたし、自分の好きなことに全部お金と時間を使って、全然自立していない。まだまだ両親に支えてもらっていたのだ。

たつみ荘の前の高架下には当時、時計が一つ立つだけの小さな公園があって、そこに段ボールで暮らす人がいた。毎日横を通っていたけれど、ラジオの音やカセットコンロで料理をする音も聞こえてきて、西荻は暮らしやすかったのかもしれない。たつみ荘を去る日、いらなくなった敷き布団を彼に渡し、初めてあいさつをした。

平林さんの絵はたつみ荘の窓（右ページ）。アライグマのぬいぐるみは、私が唯一小さなころから持っているもの。5歳くらいのときにサンタクロースにもらってから（その日デパートでひと目ぼれしたけれど誰にも欲しいって言わなかったのに、クリスマスの朝に枕元にいてサンタを確信したのだ）、西荻、また実家、その後は千駄木、そして今も、ずいぶんとほっといているけれど、ずっと一緒にいる。

オーディオユニオン吉祥寺店での仕事はとても楽しかった。でも、千葉から飯田橋の学校を経由してバイトするには遠すぎた。

もう働くことに迷いはない。そして生きるためとはいえ、興味を持てないことはできないと思った。

西荻でなじんだ古本と喫茶店の時間。大学のある飯田橋からは歩いて行ける本の街、神保町で喫茶店のアルバイトを探した。

珈琲が近づいてきた。

10 神保町

「神保町の喫茶店でアルバイトをする」

そう決めて、けいこに付き合ってもらい神保町の街をふらふらと歩きながら喫茶店を探した。本の街、神保町には昔ながらの喫茶店がまだ残っていて、「さぼうる」「ラドリオ」「ミロンガ」「伯刺西爾《ぶらじる》」「古瀬戸」……有名なお店がいくつもある。三省堂や東京堂書店、書泉という大型書店や老舗の古本屋が並ぶ「すずらん通り」のあたりを歩いていると、目に飛び込んできた「アルバイト募集」の文字。

「ちょっと聞いてくる」とけいこを待たせ、一人地下へ階段をおり大きなドアを開けた。そして、その場でさっそく面接となり、その店でアルバイトをすることになった。

そのお店の名前は「フォリオ（Folio）」。二つ折りの本のサイズのことをfolioということからだそうで、出版社が経営する、本の並ぶ喫茶店だ。けっこう席数のあるお店で、私が働き始めたころは朝から夜20時ごろまでやっていた。面接をしてくれた店長と社員の平松さん、アルバイトが4、5人いて、先輩たちにいろいろ教えてもらった。

ランチどきには、トーストやサンドイッチをたくさん出した。

念願の神保町の喫茶店で働けることがとにかくうれしかった。1カ月、2カ月経っても楽しくて仕方がなくて「ウエートレスは天職かもしれない」なんてウキウキしていた。

それまでいろんなアルバイトはしてきたけれど、喫茶店は初めて。緑のエプロンをして、注文を通すときのMT（ミティ）やEP（ヨーロピアン）なんて喫茶店らしい略称も、トレンチ（お盆）を持ってサーブしたり片づけをしたりするのも楽しかった。

「私とフォリオとエプロンと」

場所がら、出版社の人が打ち合わせをしていたり、本を読んでいたりする人が多く、毎日来てくれる近くの古書店の人やごはん屋さんの人、常連さんと会話をするのも楽しかった。

働き始める前は「喫茶店」という空間に興味があって、特に珈琲が好きなわけではなかった。けれど、店長と平松さんがカウンターの中で珈琲を淹れる姿を見ていて、いつか自分も珈琲を淹れてみたいと思うようになった。

しばらくして平松さんがやっていた珈琲教室に、けいこを誘って二人で参加した。その後、けいこは長い間外国へ行き、いろんな仕事を経て、今は珈琲豆にも関係する仕事をしている。二人とも珈琲に携わるなんて思いも寄らない偶然だと面白がっていたけれど、とっかかりは一緒だったのかもしれない。

出茶屋でもたまに開いている珈琲教室。まずは何も教えず、生徒さんにいきなり珈琲を淹れてもらうところから教室を始めるスタイルは、平松さんから継承したものだ。

初めて淹れる珈琲。それまで店長と平松さんが淹れる姿を見ていたつもりだったのに、いざ自分でやってみると、どうしていいかわからない。淹れ方でこんなに味が変わるんだとびっくりした。

それからステップアップ教室にも参加して、珈琲を淹れることを少しずつ覚えた。

神保町、年に1度のビッグイベント「ブックフェスティバル」のときは、すずらん通りに面する1階の入り口に机を出して、ポットに淹れた珈琲を販売する。そのとき、アイス珈琲を担当させてもらったのが、お客さんに淹れた最初の珈琲だった。

それからの2年間、千葉の実家から飯田橋の大学へ通い、九段下を散歩して神保町まで歩き、フォリオで働く日々。靖国神社の奥や北の丸公園には池や滝もあって、都会の喧噪のすぐそばにある緑の中へ足を伸ばして散歩をすることも多かった。

神保町は古い建物や昔から続く道も多く、街中を歩くのも面白かった。本と珈琲に続く道は、何度歩いても飽きることのない魅力がある。


当時は大学3年生の冬ごろから就職活動が始まっていただろうか。

私は「就職活動はしない」ことだけ頑なに決めていた。

そのときは迷いがなかったけれど、今思えば、学生時代にしかできない体験なのだから、ちょっとくらいやればよかったとも思う。就職活動というもののおぼろげなイメージに、いまだにびびっている。


大学時代。大学生らしいことはほとんどしなかったけれど、かけがえのない時間だったと思う。

大切な暇な時間を過ごしたこと。いいアルバイトと巡り合ったこと。

哲学の「て」の字くらい垣間見たこと。

大学で友人が二人できたこと。

たくさん旅をしたこと。


卒業後のことは決めていなかった。卒業論文を提出したとき、担当教授に「これからどうするの?」と聞かれて「詩人になります」と答えた(なんと!)。

ひとまず、旅先でとても面白かったベルリンに住もうと心を決めた。

バイトもかけ持ちして飛行機代くらいは貯まったころ、「さてベルリンへ行って何をしよう」というイメージがわかなかった。しばらく考えてもイメージできなかったので、「よくわからないことはやめよう。そんなことならどこへ行っても同じだ」と行くのをやめた。

そして、「それなら好きなことをしよう」と決めた。


当時いちばん好きだったことは、フォリオで働くこと。

辞めると話していたフォリオにも、「やっぱり辞めません」と報告。

貯めたお金で実家を出て、千駄木で一人暮らしを始めた。

「辞めないのならカウンターの中へ入るか？」と平松さん。ついに珈琲を淹れる世界へ足を踏み入れた。

カウンターの中の世界は、ウエートレスとは全然違った。お金をいただいて、珈琲を淹れること。その責任に背筋が伸びた。


昔働いていたアルバイトの人が「珈琲豆と対話するんだ」と言っていたそうで、その言葉は今も心に残っている。

ふっくらと膨らむ珈琲豆。豆の状態や淹れ方、気候などでも反応が変わる。確かに「豆と対話する」ような気持ちになる。


ときおり、店の開け閉めを任されることもあった。

一人でシャッターを開け、閉めること。

ウエートレスが楽しくて仕方がなかったころとは全く違う責任を感じて、でもそれがじわじわとうれしかった。その感じを味わったことが、自分でお店をやるイメージにつながったように思う。

今はシャッターもドアもないお店だけれども、屋台から道具を取り出し、イスを並べ、いつもの場所に落ち着くと、空気が変わる。


それから1年半。フォリオもちょうど変化の時期で、店のリニューアルやメニュー作り、バータイムの立ち上げなど、たくさんの体験をさせてもらった。カウンターの上に置かれるものがお酒になると、お客さんとの距離感も変わることがわかった。

今でも、神保町のお客さんが出茶屋に来てくれることもある。バーテンダーにも憧れて勉強したカクテル。当時シェーカーを振ったことが、出茶屋の夏の人気メニューでもあるレモン珈琲にもつながっている。

そして、屋台の準備もフォリオで働きながらスタートした。

平松さんからは、自家焙煎のお店をたくさん回ったほうがいいとアドバイスをもらった。フォリオで基礎を教えてもらい、そこからいろんなお店に行ってみて、焙煎による珈琲豆の味の違いや器具の違い、淹れ方の違いを少しずつ学んでいった。

現在のフォリオは、喫茶に絞って平松さんが一人で切り盛りしている。

昨年末、フォリオで働いていた友人で集まって、近況報告やたわいない話で盛り上がった。「こうして集まると、なんか実家みたいだよね」なんて話が出て、「ああ、そうだな」と思った。

神保町の街は、行くたびに新しいビルが建ち、知っている人も少なくなってきたけれど、本と珈琲に続く変わらない空気が迎えてくれる。

神保町フォリオ。ここは、私の珈琲が始まった場所だ。

11　珈琲家　香七絵さん

珈琲を淹れるようになってから、喫茶店でカウンターに座って珈琲を飲むのが楽しくなった。それぞれの淹れ方、こだわりを見たり聞いたりするのはいい時間だ。

自家焙煎の豆屋さんを回るのも面白い。試飲をさせてもらい、焙煎をした人と話をすると、「なるほど」と思うことが多い。その人の個性が豆に表れるような気がするからだ。

出茶屋で使う豆は、焙煎する人と顔を合わせて仕入れたいと考えていたので、自宅から行ける範囲で珈琲豆屋さんを探した。

そんな中、いちばん珈琲豆屋さんらしくなかったのが「珈琲家　香七絵《かなえ》」さんかもしれない。

焙煎室には直火焙煎機があり、焙煎時には商店街中に香りが広がる。珈琲豆を入れた小さなビンがたくさん並び、すごく珈琲豆屋さんらしいのだけれど、それだけではないのだ。

マスターは、ひょうひょうとしていながら、だじゃれが飛び出すユニークな人。

お店があるのは、武蔵野市緑町にある「緑町一番街」という昔ながらの商店街だ。最寄りの三鷹駅からはバスで10分、徒歩20分ほどと、決して交通の便のよい場所ではないけれど、「武蔵野市の真ん中のいい場所だ」と言うマスター。近くには立派な桜並木や大きな公園もある。

細長いお店にはドアが2つあって、外には「ここは何屋だ？」というようなものがところ狭しと並んでいる。店内には野菜や卵、あめ玉やお菓子、ときにしょうゆ（！）が並んでいたり、プラレールやキーボードが置いてあることも。壁には「腹筋部」の次回開催のお知らせや、商店街ソングの楽譜が貼ってある。

最近、ドアの横には竹刀が立てかけてあって、剣道の素振りを始めてすっかりはまっているという。店の奥が整理されたと思ったら大きなモニターが入り、みんなで映画を観たりもするみたいだ。

小学生が一人でふらりと入ってきてあめ玉を買ったり、珈琲豆のお使いに来てマスターとプラレールの話で盛り上がったり、おばちゃんが「タマゴだけなんだけど」とチャリンとお金を置いていったり。

二つのドアからいろんな人が出入りする。

珈琲豆屋さんなのだけれど、駄菓子屋さんのようで、八百屋さんのようで、雑貨屋さんのようで、人の集う場所だ。

香七絵さんの隣の物件が空いたとき、「若い人にチャンスを」と、マスターがそこを借りてこれからお店を始めたい人にシェアした。出茶屋でビスコッティを置いていた「ことり焼菓子店」さんもお店を開いていたし、夜はベルギービールの「Lui」さんがこだわりの店を開いていた（その後Luiさんは吉祥寺に移転し、今もその場所はマスターがお客さんを巻き込んで日々進化している）。

その軒先では週2回、移動販売の八百屋さんが出店していて新鮮な野菜を並べ、八百屋さんとご近所のおばあちゃんが座り込んで話をしていたりする。

香七絵さん一帯を常連さんが「香七絵村」と呼んだそうで、「香七絵村祭り」もたびたび行われていて、マスターもいろんな出しものをしていて楽しそう！

香七絵さんは珈琲豆とともに、人のつながりを提供するお店だと思う。

「これは、誰々さんの畑でね」とか「面白いやつがいてさ」とか言っていたと思ったら、お客さんが手放さざるを得なくなった静岡の古民家まで受け継ぐことに（！）。お休みの日にはご夫婦で毎週欠かさず川根まで通って畑でお野菜を作って、その村の人たちに溶け込んでいる。

香七絵さんでマスターと一緒に豆の販売をしているスタッフのけいこさん。マスターの焼いた豆をハンドピックするけいこさんに「今日のキリマンジャロ、いい香りしてましたよ」とおすすめを教えてもらったり、世間話をしながら豆を選べるのも香七絵さんの魅力だ。

「マスターが〝やりたーい！〟と思ったら止められないのよ」とあきれ気味に笑うけいこさん。

この間お店に行ったら、カウンターの中にはでっかい寸胴《ずんどう》が2つ。先日、平林家で食べたラーメンに触発されたらしく、前日からスープを仕込み、来る人来る人にラーメンをふるまっていた。

マスターの焼く豆を使うようになって9年ほどになるだろうか。「小さなお店を応援しなきゃっ」て、本当に少しの量から卸しとして扱ってくれてありがたかった。

屋台を始めて3、4年したころ、炭火で焙煎をしてみたくて、コンロに乗せて使う小さな焙煎機を買った。

そしてマスターに焙煎を教えてもらった。

焙煎とは、生豆を煎ることで中の水分を抜き、繊維をふっくらと焼き上げること。火加減、温度、時間、湿度、微妙な差で味が変わる。

マスターの隣に座って、豆が焼ける様子を見せてもらったことが何度かある。どんな豆でもその豆の持っているおいしさを引き出したいというマスター。

手に持つストップウオッチはお守りのようなもので、長年の経験から、目で見て感じて、豆を焼く。

焼き上がった豆をハンドピックさせてもらって、おいしく焼けた豆というものを教えてもらった。

そして、カウンターの中に入ると、本棚には哲学書がたくさん並んでいた。

香七絵さんの豆は週に2度、出茶屋に届く。1度はマスターが配達してくれて、1度は私がお店に行く。

最近は配達の車も手放したマスター、どんどん自然体を極めていっているように思う。夏は作務衣で、冬はジャンパーを着込んで自転車で配達に来てくれる。配達日の金曜は平林家で出店することが多いから、平林さんとマスターの縁もつながって面白い。


携帯電話を持たないマスター。Windows XP のサポート終了とともに、ブログもお店のインターネット接続も終了した。

以前あったブログには、「人間の嗅覚は千差万別、人それぞれ感覚的なものです。お味に関しては、ご相談、ご試飲の上お買い求めください」とだけ書いてあって、珈琲豆についての記述はなかった。

更新されていたのは「マスターが何か言ってるから聴いてやってください」というコーナーのみ。そこでは、消費社会に思うこと、禅のこと、焙煎に対する想いやマスターの哲学がたくさんつづられていたと思う。それを読むのは好きだったし、もう読めないのは残念だけれど、大事なことは言葉ではないだろう。

電話はつながるし、会いに行けばよいのだ。そして、珈琲豆に詰まっているものを味わう。

私は、マスターの焼いた豆が好きだ。

日々思うことは「マスターの焼いた豆を、おいしく淹れられますように」ということ。

そして、香七絵さんのカウンターで食べたラーメンのおいしさと、マスターとけいこさん、お客さんたちの楽しそうな顔をニヤニヤと思い返しながら、温かい気持ちが胸に広がる。

珈琲生豆自家焙煎店
珈琲家
香七絵
珈琲専門店

「KanaelightZone」

12　珈琲を淹れる

珈琲豆を挽き、ドリッパーにセットし、お湯を注ぐ。

とても単純な作業だ。でも、人それぞれ、また淹れ方によって味が変わる。

「喫茶店」という空間が好きで、珈琲に出会った。

豆の状態、挽き方、温度や湿度、淹れ方、カップ……などなど、日々淹れるうちに、その奥深さに驚く。

出茶屋の珈琲教室では、まずみんなに珈琲を淹れてもらう。

同じ豆、同じ道具を使っても、淹れ方でこんなに味が変わるんだとみんなびっくりする。

珈琲を淹れたことがなくても、蒸らす、細く淹れる、膨らむ、というイメージがある人は多い。

まず、蒸らし。これで味のほとんどが決まる。教室では、1杯の珈琲をお湯が落ちる順に3つのカップに分けて淹れてみる。そうすると、1杯の珈琲の味がどんなふうに抽出されていくか、イメージしやすい。

蒸らされた豆から抽出される1つ目。これはびっくりするほど濃く強烈で、味の芯になるところだ。ツーッと落ちてくるようになった2つ目はマイルドで飲みやすくなる。そして残りの3つ目は珈琲風味のお湯のよう。

蒸らしの後、ゆっくりとお湯を細く時間をかけて注ぐと、1つ目の味に近いデミタス珈琲のようになる。逆に、さっとお湯を太めにたくさん注ぐと、3つ目の味に近いアメリカン珈琲のようになる。

最初に「蒸らし」で作られた味を、バランスよく、豆の膨らみと呼吸を合わせて抽出することで、1杯の珈琲ができあがる。

濃く淹れたり、あっさりと淹れたり、お湯の落とし方によって、味の変化も楽しめる。

珈琲の淹れ方に、これ、という一つの正解はない。ちょっとしたポイントに気をつければ、おいしく淹れられるようになると思う。

アドバイスしながら何度か淹れてもらって、みんなそれぞれおいしい珈琲に近づく。気をつけているところは同じでも、やはりちょっとずつ味は違う。淹れてもらう珈琲には、淹れる人の個性が出ると思う。

いろんな珈琲を飲んで、自分の「おいしい」を見つけること。それを目指して「日々淹れる」ことが、いちばんの上達への近道だと思う。

出茶屋の珈琲は、日常に溶け込む珈琲でありたい。

「珈琲の音」

公園で出店していると、家族連れがよく通り過ぎる。「いい香り！」という声が上がるのがうれしい。大人だけではなく、珈琲を飲まない小さな子も、「うーん！　いい匂い！」とまるで珈琲の香りを味わっているような様子を見ると、「ホントに!?」とびっくりしつつも、「珈琲のおいしそうな匂い」が小さな子も同じ感覚なんだとわかって面白く思う。

珈琲を淹れるという作業を見ているのは、きっと誰にとっても楽しいものではないだろうか。

何年か前のある日、平林家のつむちゃんがまだ4歳くらいだったときのこと。

閉店間際、お客さんが誰もいなくて、何やらお父さんと相談している。ちゃぶ台に珈琲道具が並んだと思ったら、小さなやかんで器用に珈琲を淹れ始めるつむちゃん。なんとも上手に淹れること！　普段、私が珈琲を淹れている

ところをきっとよく見ていたのだ。つむちゃんの淹れてくれた珈琲で、涙が浮かんでしまった。

私が、初めて自分で珈琲を淹れたのは21歳くらい。どんな味になるのか大きな不安を抱えながらも、「珈琲を淹れる」ことを成し遂げたことがうれしかった。

つむちゃんは4歳で成し遂げた。将来有望！　と勝手にニヤニヤしている。

珈琲の味を決めるポイントは、「珈琲の淹れ方」の前に「豆」と「焙煎」がある。

珈琲豆は、北回帰線から南回帰線の間の、「コーヒーベルト」と呼ばれる約70カ国で作られる。日本では、北回帰線の北端くらいの沖縄や小笠原で栽培されているけれど、ほとんどは外国から海を渡ってくるものだ。なかなか産地を見る機会はないけれど、いつか見に行きたい。

エチオピア、グアテマラ、タンザニアなどなど、普段はなじみがなくても、珈琲からよく聞く国名も多い。


友人のけいこは東ティモールの珈琲豆の生産の支援をするＮＧＯで働いている。実際に現地を知る彼女から、東ティモールの成り立ち、珈琲栽培の環境、フェアトレードを維持する大変さなどを聞くと、衝撃的でとても興味深い。


『カンタ！ティモール』という映画があることをけいこから聞き、上映会を平林家で開いた。映画とともに、出茶屋の東ティモール珈琲と、平林家の東ティモールにちなんだごはんを出し、けいこの東ティモールの話を聞いた。

想像もつかないようなつらい体験とともに独立を勝ち取った東ティモールの人々、小金井から思いを馳せる。

珈琲を通して、世界のことを考えるきっかけになった。

そして生豆をどんなふうに焙煎するかは、焙煎士さんの仕事。ちょっと不ぞろいな豆、スペシャリティコーヒーと分類される上質な豆、世界各地のいろんな豆がある。

「どんな豆でもその豆の持つおいしさを存分に引き出したい」という珈琲家香七絵さんのマスター。一部のスペシャリティに限定せず、マスターのところへやってきた豆1粒1粒の個性を引き出している、そんなマスターの姿勢が好きだ。

マスターから焙煎したての豆を受け取ると、いい匂いに包まれるようで、思わず顔をうずめたくなることがある。なんというか、豆の愛が詰まっている気がする。


たくさんの人の手を通って私のもとに届いた豆。

私の仕事はこの珈琲をおいしく飲んでもらうことだ。

豆を挽く、淹れる、だけではない。

教室で最後に話す上達のポイントは、「誰かに淹れる」ということ。

誰かに飲んでもらう珈琲を淹れる。

そこには気持ちが入り、味も変わるのだ。


東日本大震災後、感じたことがある。

営業を数日休んだ。

珈琲は、特別に高級なものではないけれど、嗜好品とされるものであり、非常時にはいらないもの。

だけど、だからこそ、「普通な日々」を表すものであり、珈琲を飲める「普通な日々」は、幸せなことだと感じた。珈琲を囲んで、たわいない話をする時間がどんなにか大切なことか気づかされた。


そして、一人ではなく、誰かに淹れてもらう珈琲は、温かい気持ちになれるものではないだろうか。

先日、出茶屋のお客さんとゆるキャラの話で盛り上がっていると、はるちゃんが珈琲豆のキャラクターを考えてくれた。


「つるみっつるーは、珈琲に潜んでいる。

珈琲豆の中につるみっつるーの種が入っていて、どんどん作られる。

上手にできないと、つるるーマンになる。

湯気は、怒って出てくる。」

絵をもとに、常連さんのまりちゃんが刺繍でぬいぐるみを作ってくれて、出茶屋に飾っている。


はるちゃんは珈琲豆に込められたいろんな顔が見えているのだろうか。

つるるーマンにならないように、日々精進だ。

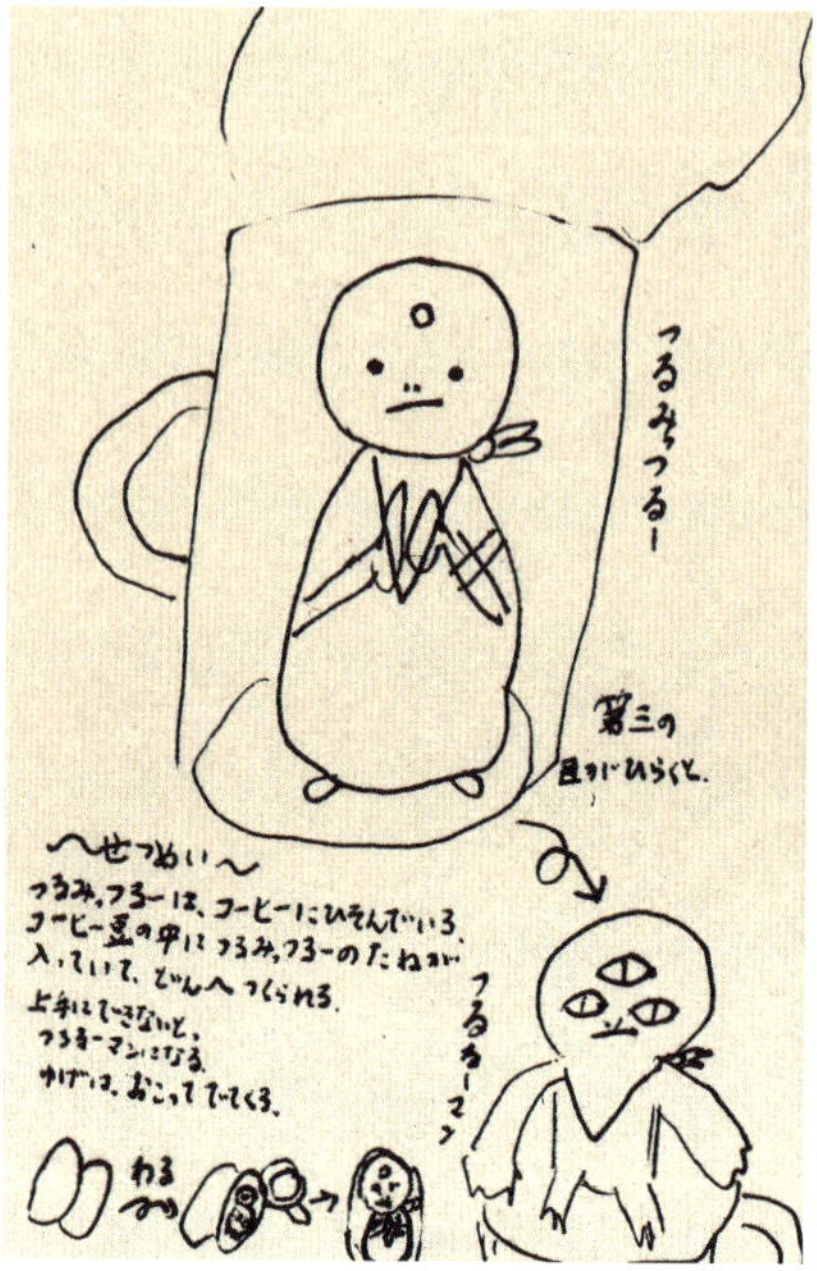

つるみっつるー
第三の
目がひらくと.
〜せつめい〜
つるみっつるーは、コーヒーにひそんでいる.
コーヒー豆の中に つるみっつるーのたねが
入っていて、どん〳〵 つくられる.
上手にできないと、
つるるーマンになる.
ゆげは、おこってでてくる.
つるるーマン
わる

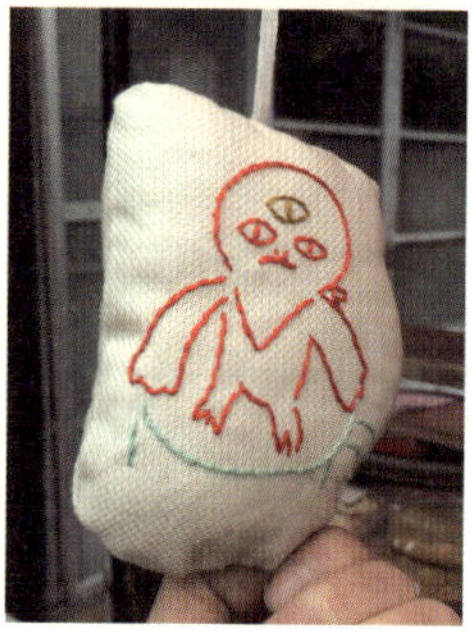

13 火鉢屋さん

火鉢や炭、火鉢のお道具を扱う「火鉢屋」さんとの出会いは、2004年7月。当時、火鉢屋さんは「炭の屋」という名前。私もまだ仮称で「青空喫茶」と名乗りつつ、屋台で珈琲を出すというイメージに向かって、手探りで準備を進めていた。

お湯を沸かす熱源のことを考えたとき、発電機やプロパンガスを屋台で運ぶなんて、ドジな私には危ない気がして想像もできなかった。

電気やガス以外の火力はないだろうか？

「炭火でお湯が沸かせるかな」

今まで扱ったこともない炭火。

まずはインターネットで調べてみると、炭や火鉢を販売するさまざまなサイトがある中、目に留まったのは炭の屋さん。ウェブページのデザインもダントツに格好よかった。

炭の屋さんはウェブショップとして03年にオープンしたばかりで、事務所の準備をしているころだった。電話をかけて聞いてみると、「炭火でもお湯は沸かせますよ」そして「鉄瓶で沸かしたお湯はとってもおいしいんですよ」と教えてくれた。

屋台で珈琲屋をやりたいことを相談すると、とても興味を持ってくれて、実際に火鉢を見せてもらうことになった。

事務所がまだないということで、待ち合わせは五日市街道沿いのファミリーレストランの駐車場。

炭の屋の三浦さんと初めて会ったときのことは鮮明に記憶に残っている。

車から降りてきたのは、とにかく、がたいのいい人。「スポーツマン」という言葉が頭に浮かび、私の中の「火鉢」の印象とかけ離れていてびっくりした。

隣には電話で応対してくれたAさんがいて、笑顔であいさつをしてくれている。大きな三浦さんと落ち着いたAさんのコンビは、まるでポパイとオリーブのようなほがらかな雰囲気で安心した。

そして三浦さんたちにとっても、私の第一印象はかなりおかしかったらしい。

私は子どものころからめったに熱を出さないのだけれど、思い返すと何か転機が訪れると熱を出しているのかもしれない。大根農家に旅立つ前も2日ほど寝込んだし、炭の屋さんに会う前も珍しく熱を出して病み上がりだった。

そのころアフロヘアを目指していたので、ふわふわした頭を乗せた病み上がりのぼんやりとした顔がぽつんと立っている様子は、なんとも面白かったそうだ。

お互いちょっと不思議な第一印象を抱きつつも、和やかにおしゃべりをしながら火鉢をいくつか見せてもらい、木製の手あぶり火鉢を1つ選んだ。鉄瓶も1つ、このころに準備した。

翌8月、小金井公園内の江戸東京たてもの園で開催していた『水木しげるの妖怪道五十三次展』を見に行った。歌川広重の「東海道五十三次」と、その旅情風景を妖怪が旅する水木しげるの「妖怪道五十三次」が並べて展示されている、とても面白い企画だった。

そして27枚目の絵にハッとした。街道沿いの大きな木にやかんをぶら下げてお湯を沸かす人夫と、楽しげにお茶をする旅人。

「先輩がいた！」。

その絵は27番袋井。副題に、「出茶屋の図」とある。仮称「青空喫茶」は、この日から「珈琲屋台 出茶屋」になった。


同じころ、炭の屋さんも「火鉢屋」に名前が変わることになった。炭や火鉢を売るだけでなく、「趣味としての火鉢」の提案をしたいという気持ちを込めた店名だ。

私にとっても、火鉢屋さんにとっても、火鉢は古く懐かしいものというよりは、新しく魅力のあるものだった。


火鉢屋さんのページで出茶屋の最初の出店の様子を紹介してくれて、こんなコメントが載せられていた。

「若い彼女のがんばりパワーと目の付け所の鋭さに感動して、当店でもフルサポート体勢で応援しています。暮らし全般、スローが好まれるようになって久しいですが、彼女の場合スローと言うより自然。よりナチュラルです。若い人たちの火鉢の反応が実に新鮮な今日この頃、勉強になります。」

フルサポート体制！

最初の出店日は、火鉢屋さんも、リヤカーを作ってくれたムラマツ車輛さんも、みんな駆けつけてくれた。火鉢1本では足りないだろうと、火鉢屋さんからいただいていた陶器の火鉢も使って、火鉢2本体制。

まだ炭火をうまく熾せず、とにかくお湯を沸かすのに苦労した初日。たくさんの方にアドバイスや応援の言葉をかけてもらった。イメージが現実となって動き出した感覚がとても楽しく、ようやくスタート地点に立ったという気がした。

へとへとになった帰り道、小金井の名物だった踏切で、火鉢屋さんからいただいたばかりの陶器の火鉢を屋台から落として割ってしまったのだけれども……。

火鉢屋さんは出会って間もなく、西荻窪の善福寺の近くで事務所を開いた。よく遊びに行っては、三浦さんやAさんと、いろんな話をした。

三浦さんは、とにかくよくしゃべる人。人なつっこくご近所さんやお店の人とすぐに仲よくなったり、新しいこと、面白いことが大好きで実行力のある人。Aさんは上品で落ち着いていて、とってもセンスがよくてステキな人。

その二人からまたつながりが生まれ、新しいものがたくさん生まれていったのだと思う。

たとえば、火鉢屋さんのウェブページの「きの手帖」コーナー。イラストレーターのなかじままさこさんの絵日記を読むと、火鉢や鉄瓶、炭のこと、初めて火をつけること、〝火鉢が来た日〟からの生活が、かわいいイラストでとってもわかりやすく説明してあって、火鉢体験を共有することができる。

その後、事務所で火鉢教室を開催することになり、私もお手伝いさせてもらって、炭火で沸かした鉄瓶のお湯で珈琲を淹れた。最初に火をつけるのは思ったよりも難しく、火鉢を使ってみたいと興味のある人にも、火鉢教室はいい機会になっていた。

慣れてしまえば炭いじりはとても楽しく、火鉢の大きな魅力の一つだ。炭の置き方次第では炎が出るほど火力も上がるし、逆に半分灰に埋めてゆっくりと燃やすこともできる。くぬぎ炭の下に備長炭を1つ埋めておけば、また火力が上がる。炭をいじっていると時間を忘れるほど。

炭火と鉄瓶で沸かすお湯はまろやかでおいしく、火鉢の暖かさをほんのり味わう時間は格別だ。


初めて珈琲教室を開催したのも火鉢屋さんだった。文机に珈琲道具を並べ、火鉢屋さんの長火鉢やすてきな茶器をたくさん使わせてもらって開いた珈琲教室。その縁をきっかけに今も来てくれるお客さんもいる。

まだ出茶屋の出店日が少なかったころ、火鉢屋さんでお手伝いのアルバイトをさせてもらっていた。

火鉢やお道具の梱包、パソコンへの入力など、いろいろなお手伝いをさせてもらいながら、炭火とともに過ごす時間はとても心地よく温かかった。

足元には必ず火鉢があって、鉄瓶のお湯がしゅんしゅんと沸いている。お茶の時間には、炭火でいろんなものをあぶって、珈琲を淹れたり、おいしい中国茶や紅茶、煎茶をいただいたり、火鉢の楽しみ方をたくさん教えてもらった。

出茶屋にはいろいろな「もの」がある。屋台、珈琲豆、火鉢、鉄瓶、イス、クッション、器、珈琲道具、鍋、手ぬぐい、などなど。

そのものの先に、出茶屋を支えてくれる人たちの顔と思いが浮かんでくる。

火鉢屋さんと出会って11年。炭火と鉄瓶から生まれるやわらかなお湯は、出茶屋の珈琲に欠かせないものになった。

「火鉢と鉄瓶と手挽き珈琲」という出茶屋のキャッチフレーズは、こうして生まれた。

「対峙」

14　枡本さん

枡本さんが出茶屋に来るようになったのは、いつごろからだっただろう。

出茶屋に何度か来てくれた方は、たぶん見かけたことがあるのではないだろうか。

「あのいつもいるおじいちゃんは何者？」とよく聞かれる。

そのおじいちゃんの名前は枡本さん。出茶屋の出店する日は毎日お店に来てくれる。

最初の来店は、土、日曜に花屋のペタルさんの軒先で出店していたとき。ご近所だったこともあり、それから毎週土、日曜には来てくれるようになった。

そのころは、あまり話をした覚えがない。

「ぶらり途中下車の旅に出てたよ」と駅前のたばこ屋さんに話を聞いて来るようになったのだという。

山下さんが、小金井から引っ越されたのと同じくらいの時期だったろうか。

いつの間にか週末だけではなく、平日のオリーブ・ガーデンさんにも来てくれるようになり、やがて、お祭りも含めてすべての出店場所に足を運んでくれるようになった。

どうしても来られないときには事前に連絡をくれる。

屋台ならではの私とお客さんとの距離感や、お客さん同士の距離感。そのいい雰囲気のきっかけを、山下さんが作ってくれたと思う。

そして、いつの間にか山下さんの後を継ぐように来てくれている枡本さんがいると、なんだか場がとても落ち着く感じがする。守ってもらっているような気がする。

何年も来てくれているうちに、少しずつ枡本さんの人生を知るようになった。

現在84歳の枡本さん。小金井生まれ、小金井育ち。終戦のころは山口県の防府にいたそうだ。仕事でサウジアラビアに9年住んでいたことがある。学生時代から続けていた空手は6段。出会ったころは関東支部長の名刺を持っていた。空手6段なんて人には初めて会った（実は私も趣味で少しやっていたことがあり、緑帯……）。さぞかし強いのだろうと思うと、「誰にも負けないよ。戦わないから」とまた深いようなことを言う。

よくたばこを吸い、よく酒を飲み、風邪をひいたところは見たことがない。

枡本さんが自転車で登場すると、みんな自然に顔がほころぶ。

数年前のある日、枡本さんの自転車の籠に造花のヒマワリが1輪ついてきた。気がつくとそれが2輪になり、3輪になり、バラやリンドウ、アジサイ、いろんな花が増えていく。

「どこに置いても自分の自転車がすぐわかるように」なんて言うけれど、それだけではないはずだ。

昨年あたりから風車も加わって、迫力が増した気がする。

枡本さんはとてもたくさんの本を読んでいる。

民俗学、歴史、宗教、生物や宇宙、興味の幅はとても広い。

その知識をもとにした話にはとてもついていけないけれど、聞いているだけで居心地がよく面白い。

昼過ぎの時間、ほかにお客さんがいなくて枡本さんと二人で静かな時間が長く続くこともよくある。そんなとき、子どものころの話や戦争のときの話、サウジアラビアにいたころの話などいろいろ聞いたり、話し合ったりすることもあるけれど、二人でぼーっと過ごすことも多い。

枡本さんはよく雲を眺めているし、空を飛ぶ鳥を数えたりしている。

小金井公園で出店しているときは、飲みかけの珈琲をそのままに、しばらくいないなぁと思うと、遠くで木々や空を見上げている姿をよく見かける。

枡本さんから聞いた言葉の一つ。

「生きながら死人《しびと》となりてなりはてて、おもひのままにするわざぞよき」

至道無難という禅師の言葉が好きだそうだ。

この間、故郷の沖縄へ帰った常連さんに会いに、出茶屋のみんなで遊びに行ってきた。

みんなで訪れた勝連城跡。麓の休憩所には、なぜか沖縄のおばぁのとっても精巧な人形が座っていた。

帰ってきてから沖縄の話をあれこれしているうちに、「ん？」と思うことが。

枡本さん、しきりにすごい人がいたと言う。どうやらおばぁ人形を本当の人だと思っていて、「生きながら死人になりてなりはてて」を体現している人だ！　と尊敬の念で見ていたらしい。

枡本さんは、ときに禅師のようでもあるけれど、なんというかとっても人間らしい人だと思う。毒づいたり、ぼけたふりをしたり、聞こえていないふりをしたり、冗談ともつかないようなことをよく言う。

私にとっては枡本さんが宇宙のようだ。

枡本さんはいつもメモをとる。

今日の天気、出茶屋に誰が来ていたか、何杯の珈琲を飲み、何というお菓子を食べたか。

その日話題になったこと、気になったことについて、たいてい翌日には、広辞苑や膨大な書物から何か見つけてきてメモをとり、持って来てくれる。

そして何度か話をしたお客さんには名前を尋ねてメモをする。

同じ人に何度も名前を聞くこともあるし、メモをなくすことも。特にとったメモを整理しているのではないのだろうと思っていたら、家に帰ってから清書をしているそうだ。

「閻魔帳《えんま》」だなんてみんなで話しているけれど、そのメモ帳は何冊に及ぶだろうか。

2年ほど前だったか、4歳のあかりちゃんが枡本さんへの手紙だといって、くちゃくちゃっと何か書いてある紙を渡した。数日後、枡本さんからあかりちゃんへ返信の手紙が。

あかりちゃんのお母さんが思わず涙が出たというその返事を、こっそり読ませてもらった。

あかりちゃんに真っすぐ向き合う枡本さん。そこには達筆な文字で、あかりちゃんが来ると雰囲気が明るくなること、枡本さんは雲を眺めるのが好きなことなどが書かれていた。

枡本さんは、出茶屋のおじいちゃん。みんなのおじいちゃんであり、友人だ。

あんな歳のとり方を、できたらいいなと思う。

「枡本さんと宇宙」

15　雨ニモマケズ風ニモマケズ

4月、5月はドラマティックに景色が変わる季節。緑が増え、テントウムシやチョウをよく見るようになると同時に、蚊も出てきて火鉢には炭ではなく蚊取り線香が入る。

そして風の強い春から梅雨が来て、台風の季節がやってくる。

出茶屋には、私がよく忘れるのを見かねて、枡本さんが「家にたくさんあるから」と持ってきてくれた灰皿が3つある。

アラブっぽい模様のものと、河童《カッパ》のようなものと、もう1つは、「雨ニモマケズ　風ニモマケズ」と刻んであるものだ。

「雨風をしのぐ」と言うが、雨をしのぐには「屋根」が、風をしのぐには「壁」がいる。

出茶屋には赤い屋根があるけれど、壁はない。

小金井公園以外の出店先には屋根はあるけれど、屋台が入れるからにはやっぱり壁はない。


だから風にはけっこう負けそうになる。

まず屋台を引くのもひと苦労。向かい風だと屋台の重さは急激に増すし、風は強さも方向も一定ではないから、追われたり向かったりと忙しい。

お店を広げるのも大変。メニューを飛ばないようシールで貼ったり、クッションや膝かけ、看板など軽いものが飛んでは拾ったり片づけたり。

そして珈琲を淹れるのもまた大変。挽き終わった珈琲豆が飛ぶ。ペーパーが飛ぶ。ドリップのお湯が風で揺れないように手で壁を作りながら、珈琲を淹れる。

お客さんが珈琲を飲むのも大変だ。風に当たると冷めるし、ほこりが舞うので、最近は風が強いとコップにぺたりとくっつく蓋をする。

暴風警報でもなければ、強風を理由に休むことはないけれど、風が強くなってくると、撤収の文字が頭をかすめることもある。でも片づけも移動も、もっと大変なので結局とどまることが多い。

強風に耐えて営業しているとき、心底「壁ってすごい」と思う。

雨にはわりと負けない。

「雨だとお休みですか？」と聞かれることも多いが、よほどの暴風雨か、雪でもない限り、休むことはない。

傘が行き交う中、かっぱと長靴で雨対策をばっちりにして歩くのは、気持ちのいいものだ。かっぱ姿で屋台を引いていると、端から見たらかわいそうだと思われているかもしれないけれど、本人は楽しんでいたりする。

とはいえ、さすがに雨の日はお客さんが少ない。でも、雨音を聞きながらぼんやりと過ごすのもいい時間だ。

オリーブ・ガーデンさんでは屋根の下、横から吹き込む雨にパラソルを立てて営業する。雨漏りするところにはバケツを置いて、カンカンたまる雨を眺めて過ごす。

夏の花や緑が増えてきた店内。オリーブにも小さな花がたくさん咲き、赤ちゃんのような実がいっぱいつき始める。

雨を浴びて、植物はうれしそうに見える。雨が当たると、花びらや葉っぱが閉じる植物もあって面白い。

平林家のお庭では、平林さん手づくりのパーゴラ（つる棚）にビニールの屋根を張って雨をしのぐ。あんまり雨が強いときには、お客さんは居間に上がらせてもらう。縁側の向こうの雨音を聞きながら、ちゃぶ台を囲んでのんびり雨宿り。

ビニール屋根の張り方も改良されて、今ではほとんど水がたまらなくなったけれど、最初のころは雨がひどくなるとビニールに水がたまり、それをたまに棒で突いてザバーッと流す。これが大変だけれどちょっと楽しい。

庭の植物もひと雨ごとに成長する。ユズやサンショウ、ウメの木も大きく育ち、ガクアジサイが立派に咲いている。

小金井公園でいつも出店しているケヤキの下は、夏の濃い緑に覆われて、木陰の涼しい風が吹く。パラッと小雨に降られるくらいなら、葉っぱが傘になって気がつかないくらい。

屋根があるわけではないので、朝から降っていたり、一日中雨の予報の日は、平林家のお庭に移動して営業することが多い。

けれど夏場には夕立や通り雨も多く、公園にいるまま、信じられないくらいの豪雨に見舞われることもある。

嵐の前の静けさ、そして突然風が吹き始めると要注意。空が一変して暗くなっていく。公園で遊んでいた人たちも、みんな急ぎ足で帰っていく。携帯電話の雨雲レーダーと、空気の匂いと暗くなる空とにらめっこ。かっぱを着て、長靴を履いて雨に備える。

雷も鳴り、やってくる雨が長引きそうなら、急いで店を閉めて屋台に荷物を積んで、撤収する。あまりに雨がひどいと、不思議とテンションが上がり、笑えてくるほどだ。

そんな天気の中、雨にも風にも負けないお客さんが来てくれることもある。

クッションやイスを一緒に片づけてくれたり、すごい雨に盛り上がったり、静かに雨を眺めたり。雨天決行のお祭りなどでは、荒天の中、様子を見に来てくれたり、むしろそれをさかなに珈琲を飲もうと人が集まったりもする。みんな帰れないので、最後まで雨を楽しむことになる。

そして雨の後には、ご褒美のような景色が現れる。

空からパーッと差す光。水たまりに映る青空。空気が澄んでとてもきれいで、虹が見えることもある。

お天気雨が残ることもあって、陽の光がまぶしい中、はらはらと降る雨は不思議な美しさがある。


すっかりやむと、公園にも少しずつ人が戻ってくる。

雨宿りを共にしたお客さんと、「すごい雨だったたね」なんて話をしながら、またイスを広げ、火鉢を出し、珈琲を淹れる。


雨や風で起きる出来事、雨上がりの太陽の暖かさに感じる安堵《あんど》、そんな「時を共有すること」が面白いのだと思う。

そして、共に過ごしたその瞬間は、記憶に残り思い出になっていく。

2015. 6. 7. hideo.h

「狐の嫁入り」

雨風をしのげない大変さはあっても、その自然の変化が織りなすドラマを肌で感じられること、それをお客さんと共有できることは、屋台ならではの大きな喜びだ。

雨が降ろうが風が吹こうが、出茶屋が出ているときは、毎日来てくれる枡本さん。

ときおり、「雨ニモマケズ　風ニモマケズ」と刻んである灰皿を指さしてにやりと笑う。

蒸し暑い日が多くなってきて、梅雨がやってきた。

今年も、お客さんと過ごす雨の時間を、楽しみにしている。

16　一期一会

週末などに出茶屋のお手伝いをしてくれる庄司さんの娘さんが、大学1年生の春休みにオーストラリアに行ってきたそうだ。1971年にイギリスでスタートし、現在は世界50カ国以上に事務局がある「WWOOF」（World Wide Opportunities on Organic Farms／ウーフ）という、お金のやりとりなしで、「食事・宿泊場所」と「力・知識・経験」を交換する仕組みを使って、アルバイトで飛行機代を貯め一人で海外に行った彼女。送られてくる写真を見せてもらって、いい表情をして、たくましくいろんな体験をしている彼女がまぶしく見えた。

そして、16年前の思い出がよみがえってきた。

大学を休学した20歳のころ、とにかく外国に行きたかった。

その1年前の夏に行った大根農家のアルバイトで出会ったAちゃんに、「NICE」というNPOを教えてもらった。ボランティアを斡旋《あっせん》する団体で、WWOOFと同じく、交通費は実費で滞在費はかからないというもの。さっそく資料を取り寄せた。

「日本国際ワークキャンプセンターNICE」(Never-ending International workCamps Exchange/ナイス)――今は立派なウェブページがあって、世界各地のボランティアやワークキャンプの募集が探せるが、当時は手書きのイラストが書いてある白黒の冊子に、さまざまなボランティア募集が載っていた。

森の手入れ、遺跡発掘や、学校やトイレの建設などのボランティアの中から目に留まったものは、アメリカのニューハンプシャー州で「handicapped people のサマーキャンプの手伝い」。

中学で福祉委員だった私は、友人と近くの福祉作業所によく行っていた。

障害のある人たちと過ごす時間に興味を持ったのは、このころからだったと思う。

3カ月ほどかけ持ちのアルバイトをして飛行機代を貯め、7月の初めにいざ出発。

飛行機も初めてだった私は、とても興奮して、見るものすべてが新鮮で楽しかった。

グレイハウンドのバスを乗り継いで向かった先は、カナダとの国境に近いニューハンプシャー州の山の中。

スイス人のオーナー家族が主催するサマーキャンプは、いくつかの身体障害者施設の利用者たちがそこで夏休みを過ごすというもの。その夏は、子どもから50代くらいまで10人ほどの人たちが参加していた。

一緒だったボランティアメンバーは、ヨーロッパ各地から6人。英語は得

意なほうだと思っていたけれど、想像以上に通じなくて、最初の数日はまるで豆のように小さくなっていたと思う。空港で紅茶を頼んだらコーラが出てきて出鼻をくじかれたときから、自信がなくなっていたのだ。

「自分の頭で考えないと」なんて意気込んで哲学科に入ったものの、言われたことをやるということに慣れていたと思う。

「暑いからシャワーを浴びてくる」とか「ちょっと昼寝するわ」とか、みんなの行動に少しびっくりしつつも、自由に楽しみながら参加しているのを見て、だんだんと自分も開き直っていった。

コミュニケーションを重ねるうちに、英語の生活にも慣れていった。

トレーラーハウスで一緒に寝泊まりしていたアルプスの山の中で育ったというスイスの女の子は、常にハダシ！「だって山には危ないものなんてないじゃない」。平気でそう言う彼女を見て、私もなるべくハダシで過ごしてみることにした。危なくないといったって、足の裏はかなり痛かった。けれど、それもだんだんと気持ちよく感じるようになった。

1週間も過ぎたころ、近くの山へ1泊のキャンプに行った。川で天然のウオータースライダーを楽しみ、テントを張って、焚き火をしてマシュマロを焼く。初めてのアウトドア体験だった。

その晩、星を見上げて歯磨きをしながら、ドイツ人のベンと歯磨き粉がからからになるほど、たくさん話をした。

次の朝、テントからのぞいていたサマーキャンプの参加者に、からかわれたような気がする。

それから残りの10日間ほど、ベンとよく一緒に過ごした。

ベンの、ときにからかったりもしながら身体障害者の人たちとごく自然に一緒にいる姿はとてもいいなと思った。

ベルリン生まれのベンは壁の崩壊を体験していて、高校のときにはアメリカに留学をしたそうだ。

ドイツでは当時18歳から25歳の間に1年弱の兵役があったが、ベンは良心的兵役拒否をして、兵役の代わりに社会奉仕活動を選択していた（2011年7月から徴兵制は事実上廃止）。

ほかのボランティアスタッフたちは、アイルランドやスイス、オランダから来ていた。みんなでそれぞれの国の話をした。人にも、国にも、個性があることがわかってきた。ぼんやりと広がった世界観に彼らの話がしみ込んでいく。

私より2、3日早くニューハンプシャーを離れる予定だったベン。ニューヨークを経由して、アメリカに留学したころのホストファミリーのところへ遊びに行くという。

私も予定を繰り上げて、ニューヨークへ一緒に行くことにした。

ニューヨークへ向かう長距離バスの中。ベンの言ったことが心に残っている。

「君はここにまた来ると思う？」

3週間、みんなと生活を共にしたその場所。私は「Ｙｅｓ」と答えた。

「僕はそう思わない。きっとみんなそれぞれの生活に戻ると、自然と遠のいていくんだよ」

確信を持って言う彼の言葉を、そのときは「そういうものかな」と少し寂しく思いながら聞いていたけれど、彼の言ったことは正しかった。

みんなと過ごした日々のことは忘れないけれど、全員の名前は思い出せないし、きっとニューハンプシャーの山奥の、ステイ先に行くことはないと思う。

でも、だからこそ、その3週間で広がった世界観や思い出は、自分の中にかけがえのないものとして残っていくのではないだろうか。

ベンとニューヨークで過ごした一日。

一緒にツインタワーにのぼった。展望台から望む摩天楼が、うそみたいだった。

ベンとは帰国後も電話や手紙のやりとりをして、ベルリンに遊びに行くぞと思っていたけれど、長野の大根農家でアルバイトの日々を過ごしているうちに、だんだんと途絶えていった。

当時ＳＮＳがあれば、もしかしたらみんなと連絡をとり合って、遊びに行くこともあったかもしれない。

でも、「みんな元気にしているだろうか。今は何をしているのだろう」と思いを巡らせながら、こうして久しぶりに思い出をたどっていくことは楽しく心が温まるものだ。それは自然な人間関係なのではないかと思う。

もう会うことはないかもしれないし、きっとまた、会える人とは会うかもしれない。

「一期一会」

出茶屋をやっていると、いろんな人が立ち寄って火鉢を囲み、お客さん同士が話したり話さなかったりして、去っていく。

一度きりでも、いい時間を過ごしてくれたらと思うし、何年か後でもまた来てくれたらとてもうれしい。

毎日のように来てくれる人も、昨日とは違う時間を過ごしている。

かけがえのないその時間を、珈琲とともに味わってほしい。

そして、お客さんが置いていってくれる時間を、大切にしたいと思う。

「次の場所へ」

17 旅

旅が好きだ。散歩が好きだ。そして散歩の途中の休憩が好きだ。カフェやすてきな場所を見つけてひと休みすること。外の気持ちのいい空気の中で、珈琲が飲みたい。そんな空間を作りたいという想いが、出茶屋というカタチになった。

高校を卒業してから、出茶屋を始めるまでの5、6年。アルバイトをしてお金が少しでも貯まると旅に出た。というより、先に旅に出る日を決めて、明らかに足りない大胆な予算で出発した。

自分の足で歩み、自分の目で見ること。20歳前後の恐れを知らぬ好奇心とともに、まだ見たことのない土地を歩く。ただそれだけで、とても刺激的だった。

時系列や名称はぼやけていっても、その土地の匂いや味わい、感じたものは確かに心に残っている。


熊野古道を歩いたり、青春18切符で鹿児島まで行ったり、暇さえあればいろんな旅をしていた。

自由と緊張感で、感覚が研ぎ澄まされる一人旅。

子どものころと同じようにはしゃいだ幼なじみとの旅。

独特な色を持つ好きな人との旅。


そして、けいことの二人旅。

何度も行った京都。思いついたように夜行バスで向かい、安宿に泊まる。お金がないから市バスにも乗らずひたすら歩き、鴨川のほとりでのんびりした。何度も足を運んでいる大好きな場所、詩仙堂も、最初は５００円の拝観料が払えなくて、垣根の向こう側から鹿威《ししおど》しを聴いた。おなかがすいたらパンの耳で過ごしたり、道端の夏ミカンをもいで食べたりした。

それでも好きなカフェ、百万遍の「進々堂」には必ず入った。大きなテーブルとひっそりと音のない店内。すてきな中庭。店内だけに流れる、昔から変わらない、別の世界に入り込んだような時間。

バックパックで行ったタイのバンコク。宿や行き先は現地で探した。15年前のバンコクは街中が建設ラッシュで、変化のエネルギーに満ちあふれていた。その反面、あちこちで目の当たりにする貧富の差や、小さな島の宿で働く同世代の子と話したときには、日本とタイの経済格差について考えさせられた。

旅の途中、「about cafe」というおしゃれなカフェを見つけた。DJの男の子がかけていたのは、けいこが好きだったフリッパーズ・ギターの曲、なんとタイ語版だった。

そのカフェは、雑多な街並みの中になじんでいながら、赤色のシンプルな空間がよりスタイリッシュに際立っていた。街の風景と絡み合うカフェのたたずまい。

ニューヨークでも、マンハッタン中をよく歩いた。地区ごとのカラーが面白かった。セントラルパーク、ブロックごとにあるホットドッグの屋台、ダウンタウン。どこを歩いても、たくさんの人種が行き交い、音楽が街にあふれていた。

ソーホーで見つけたブックカフェ。

深緑色の大きな扉を開けると、図書館のような広い店内に愛情を持って陳列された本たち。本の間でカフェの時間を過ごす人々。ロフトに上がる螺旋《らせん》階段もすてきだった。

時間を飛び越える本の魅力を大事にしながら、その瞬間を楽しむカフェ。二つの文化が交差する空間。

けいこが最初にワーキングホリデーで暮らしたカナダのモントリオール。夏休みに遊びに行って、1カ月ほど、私も暮らすように滞在することができた。フランス語と英語が行き交うモントリオールの街。休日には丘の上でたくさんの人が集まり、「タムタム」という太鼓をたたくイベントがあった。若者に交ざって、おじいちゃんがいちばん楽しそうに、すてきなダンスをしていたのが印象的だった。

モントリオールにも、心に残ったカフェがある。タムタムの丘の麓、フランス語地区の街角にあったそのカフェは、垣根に囲まれて中の様子がわからなかった。楽しげな声に惹かれて中をのぞくと、広い店内には緑であふれた中庭もあって、人々のにぎわいを和らげていた。緑と共生するカフェの居心地。

大学の卒業を目の前にした冬休み。けいこは行きたかったフランスのワーキングホリデービザを取り、そこで暮らす準備をしていた。

私も一緒に出発して、ベルリン、アムステルダム、アントワープ、コペンハーゲン、パリと2週間ほど旅をした（けいこはそのままフランスに暮らし、パリからニースに移り、パートナーとなるドリューと出会う）。

それぞれの街が重ねてきた歴史がその街の個性となり、それが息づいた街並みがすてきだった。クリスマスという信仰を肌で感じ、お祭り騒ぎのような新年の迎え方にも驚いた。冬は、自然の厳しさの中にある街と人の温かさをより強く感じられる季節だったと思う。

けいこと二人、そのときに感じ得るものを精いっぱい吸収し、そしてまた

「いつかみた空」

次の街へと移動した。

行く先々、そこにはカフェと街並みの思い出がある。

通りや広場に現れるマーケットやメリーゴーラウンド、オープンカフェ。ヨーロッパの路上の使い方やかかわり方が印象的だった。それは、通りや広場を中心に街ができあがっている文化だからなのだろう。通りは、単なる往来の場ではなく、街角でふと出会う音楽や、買い物、お茶を楽しむみんなの場所でもあるのだ。

その旅は、よりはっきりと、店から屋台へ、出茶屋につながってゆくものになったように思う。

けいことの旅は、一人旅と二人旅の間のような感覚。足りないものを補い、また互いの感性に刺激され、思いやりがあり、そして自由な旅だった。

今思うと、それは、どこにも根ざしていない限られた年代にこそ得られる、純粋な時間だった。同じ場所を旅したとしても、あのときと同じ気持ちにはならないだろう。

そのころは、いつでも旅に出られるという感覚があった。まるでそんな人生がずっと続くような気もしていた。

出茶屋を始めてから、長期の旅や海外へは行っていない。お金や時間の問題ではなくて、優先するものが変わってきたのだろうと思う。移動する屋台であっても根っこがあるのだ。

今は小金井を、旅している。

緑のあるお店、本を扱うお店、人でにぎわう公園、さまざまな場所を借りて、今日も屋台は旅をする。

18　つながり

２００４年、小金井に引っ越して来たとき、知り合いは誰もいなかった。

半年ほど経ったころ、神保町の喫茶店への通勤途中、自宅近くの掲示板で見かけた「夢プラン」の募集。主催の「商工会青年部」のこともよくわからないまま、ぼんやりと思い描いていた珈琲屋台の企画を、思いきって、締め切りの日に駆け込みで応募した。

プレゼンテーションの日。ほかに応募したのはほとんどがＮＰＯなどの団体で、子育て支援や環境問題のことなどが多く、個人のお店の応募は私だけだった（しかもアフロヘア！）。「夢があっていいじゃないですか」という言葉で押してくれた人がいた。

結果は合格。屋台を始めることになった。


もともと身近に商売をやっている人はいなくて、何もかもわからないことだらけ。商工会や商店会のこともよくわからない。

商工会は中小企業を支援する全国規模の公的な団体で、商店会は街の商店を束ねるローカルな組織だ。

屋台を作って1年目は自らアタックして、市内のいろんなお祭りに出店したけれど、そのときに「商工会青年部主催の夢プラン」で始めたということは信頼になったのだと思う。そして、お祭りに出店するとつながりが生まれ、一つひとつ、声をかけてもらえることも増えていった。

お祭りやイベントも、市や商工会が主催するもの、商店会が企画しているもの、小金井公園やたてもの園が主催のもの、ボランティア団体や神社、市民が主催のものなど、いろいろあることが少しずつわかってきた。

「まい降りた日」

小金井には18の商店会があって、それぞれの商店会でやっているお祭りは、基本的にその地域のお店が出店する、という当たり前のことにも後から気がついた。

きっとよくわからないまま、いきなり垣根を越えてしまっていたのだろう。

今考えると、受け入れてくれた皆さんの懐の深さを感じる。

定期的な出店場所のオリーブ・ガーデンさんとも、大洋堂書店さんとも、お祭りがきっかけで出会った。小金井公園への出店も、お祭りで何度も公園に出たことからつながっていった。ペタルさん移転後に約3年間出店させてもらった「dogdeco HOME 犬と暮らす家」さんは、「はけのおいしい朝市」でつながった。

のちに、はけのおいしい朝市を一緒に始めることになった、当時おむすび屋のあやちゃんと出会ったのも、お祭りの会場だった。おむすび屋を始めたとあいさつしてもらったのだけれど、そのときの私の第一印象はそうとう怖かったらしい。

接客業は好きだけれど、実は人見知りだ。お祭りの最中だったこともあり、かなり余裕がなかったのだと思う。

それにしても、新しくお店を始めたという自分より歳の若い子に、怖い第一印象を与えてしまったなんて、仲よくなった今でこそ笑い話だけれど、お店としてまだまだ新米だったのだと思う。

出店場所がいろいろ変わり固定の店舗がないこともあり、最初は商工会だけに入っていた。1、2年ほど経ったころ、お祭りでお世話になった方から声をかけてもらって、東小金井北口商店会に入ることになった。

最初に商店会の集まりに出たときの緊張ったらなかった。もともと組織が苦手で、企業に就職したこともない。さまざまなアルバイトをして働いた経験はあるけれど、商店主の集まりという空間に妙に緊張してしまっていた。
08年には市制50周年イベントの実行委員会に参加した。おむすび屋のあやちゃんも一緒だった。初めての運営側。連日連夜の準備は本当に大変だったけれど、苦楽を共にしたおかげで、実行委員のメンバーとは「仲間」になり、学んだこともとても多い。

その後、毎年「黄金井名物市」という商工会主催のお祭りの実行委員会に参加している。みんな仕事の後に集まるので、会議はだいたい夜20時くらい

から。夜の集まりといっても、なんとも真面目！　みんな真剣に小金井のことを語り合う。

そうこうしているうちに小金井の知人が増え、ふと気がついた。商工会に来ている人は、小さな個人店から会社の社長も含めてみんな一国一城の主《あるじ》（屋台を城とはとても呼べないけれど）。

それぞれ信念があってやっているのだから、個性が強くて当たり前だ。バラバラでもあり、ある意味似た者同士なところもあるのかもしれない。面白い人がたくさんいる。

構えが取れて、楽しくなってきた。

商工会に比べると、ローカルな組織である商店会では昔からその土地で商売をしている人も多く、新参者としてより緊張した。でも顔を合わせるごとに、少しずつなじんできたと思う。

約３年間、ガレージをお借りして出店したdogdeco　ＨＯＭＥ　犬と暮らす家さん。最終日、娘さんの青ちゃんが出茶屋の常連さんの吉田さんに「何か描いて」とお願いしたら、その場でスケッチしてくれた。後日、色が付いてdogdecoさんガレージでの世界が描かれた絵をいただいた（絵：吉田健一）

小金井生まれ、小金井育ちの人も多い。地元のことをよく知っている人に、昔の街の様子や、民話や史跡の話を聞くのはとても興味深い。

年を追うごとにどんどん小金井のことも詳しくなって、すっかり小金井マニアだ。当然、上には上がいる。小金井について初めて聞くようなことがあると、ちょっと悔しさも感じる自分に笑ってしまう。

09年の秋から毎月第1日曜日に開催しているはけのおいしい朝市。略して「はけいち」の言い出しっぺは、おむすび屋のあやちゃん。

ペタルさんの軒先で出店していたある日のこと。あやちゃんが「いいこと思いついた！」とやってきた。

小金井には、北に玉川上水と小金井公園、南に野川と武蔵野公園・野川公園というたくさんの水と緑がある。野川沿いには国分寺崖線という段丘が続き、このあたりでは「はけ」と呼ぶ。

野川の近くでおむすび屋をやっていたあやちゃん。散歩の途中に訪れるお客さんも多い。

「はけを散歩して、朝ごはんを食べたら、珈琲が飲みたいと言われることも多い。つるちゃんにおいしい珈琲を淹れてもらえたらと思いついて。せっかく来てもらうなら朝市できないかな……」と、わくわくした表情で話すあやちゃんを見て、「うん、やろう」と答えた。その場で花屋のペタルさんが加わり盛り上がった。ご近所にオープンしたdogdeco HOME犬と暮らす家さんも加わって、はけのおいしい朝市がスタートした。

はけいちで、食べ物や手づくりのもの、五感においしいものに出会って、はけで過ごす気持ちのいい時間を楽しんでほしい。

そんな思いで始まったはけいち。共感する仲間が増えていって、今では作り手10組で運営をして、毎月の開催も70回をこえた。

職種にかかわらず、自分たちの作るものに真剣に向き合っている仲間の姿を見ることは、とても刺激になる。さまざまな視点からの意見が聞けたり、小さなお店同士、相談したりできることは、とても心強い。

小金井という街に住んで、いろんなつながりができた。自然と「地元」という感覚が生まれた。

何をやるにも、人と人。それがどこの組織だろうが、どのお店だろうが、変わらないこと。

日々、ゆるやかなつながりの中で生きている。そして日常の中で、会いに行ける。それが地元のいいところだと思う。

人それぞれ、かかわり合って生きていれば、面倒をかけ合うこともあるだろう。一人で生きているわけではないのだから、そりゃそうだ。

小金井に住んで11年。大先輩からいろいろ教えてもらい、私も小先輩くらいになってきたかもしれない。

新たに小金井に来た人たちへ。先輩からもらったものへの恩返しをしないと。

小金井の街を歩けば、誰かしら知り合いと会う。

小金井じゃ酔っ払えないなんて思うけれど、もし倒れてもきっと誰かが助けてくれるだろう。

実家を出てから初めて、一つの場所に長くとどまり、その土地に根ざすという感覚が生まれた。

そんな小金井での日々が心地よいと思う。

19　子どもたち

２０１４年の12月、出茶屋10周年のお祝いにみんなからもらったものがある。

「感謝状」

手づくりの感謝状を読み上げてくれたのは「出茶部勝手に子供会長」のはるちゃん。初めて会ったのは1歳とちょっと、はるちゃんはお母さんのスリングの中ですやすや眠っていた。それがよちよち歩くようになったと思ったら、おしゃべりしてモリモリ食べて、踊ったり走ったりしながらぐんぐん大きくなっていった。

出茶屋ではるちゃんと時を過ごしてきた大人たちは、それぞれに思い出があり、よその子と思えないほど。いつか、「はるちゃんの結婚式に」なんて呼びかければ、みんなから集まる面白い写真はたくさんあるはず。

出茶屋と同じ10歳になったはるちゃん、「子供会長」という響きはごく自然なものに感じる。

手づくりの感謝状をもらえてとてもうれしい。

はるちゃんをはじめ、出茶屋に来る子どもたちが日々成長していく様子を近くで見ていられるのは、たまらなくいいものだ。

大人は珈琲を飲みながらお客さん同士の会話を楽しみ、家や仕事以外のひと息の時間を過ごしている。

子どもたちは、ときに梅ジュースやカフェオレ（珈琲抜き）を飲みながら、いろんな大人に会い、世の中にはたくさんの生き方があるということを知る場所になっているかもしれない。

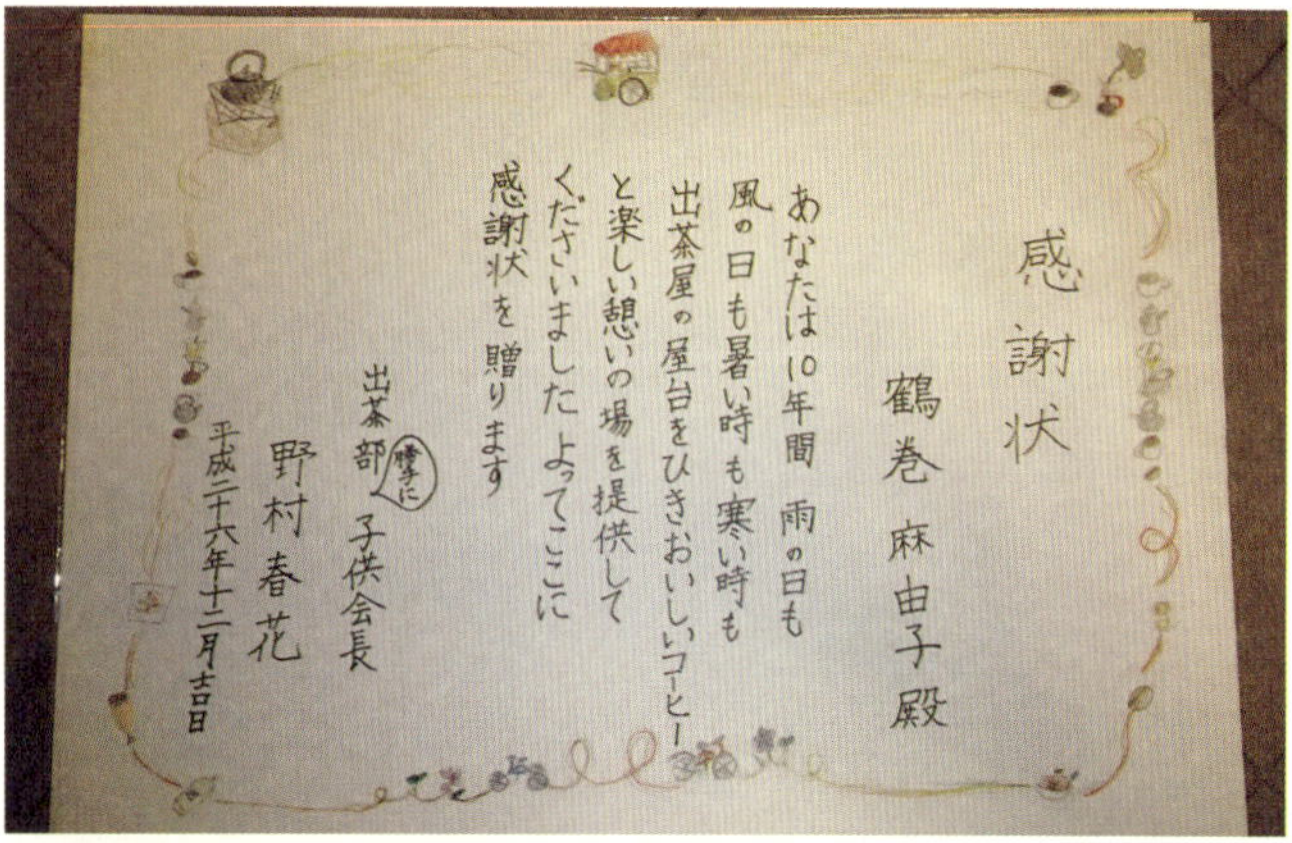
感謝状
鶴巻 麻由子殿
あなたは10年間 雨の日も
風の日も暑い時も寒い時も
出茶屋の屋台をひきおいしいコーヒー
と楽しい憩いの場を提供して
くださいました よってここに
感謝状を贈ります
出茶部 子供会長
野村春花
平成二十六年十二月吉日

そして、子ども同士の社会が広がっていく。

赤ちゃんは来るたびに表情が変わり、できることが増えていく。「初めて立った！」なんて現場に立ち会うこともある。カタコトで「コーヒー」と言ったり、ミルのハンドルを回すのを見て、手を「ぐるぐる」と回したり。いろんなお客さんが、赤ちゃんを幸せそうに抱っこしている。

もう少し大きくなった子どもたちは、子ども同士の社会に入っていく。年かさの子の一挙一動をよく見ていて、飛んだり跳ねたり何でもまねをする。なかなか思いどおりにいかなくて泣いたり、ときにはきょうだいのようにケンカもする。イスから離れ、近くを散歩したり、路上にチョークや蠟石《ろうせき》でお絵描きをするのも、みんなが夢中になるものの一つだ。

小学生になると、だんだんと一人の人としての個性が光ってくる。出茶屋の外でふいに会うことも出てきて、そんなとき子どもたちから声をかけてもらえることがうれしい。

オリーブ・ガーデンさんからの帰り道。「つるさーん」と声をかけてくれたと思ったら、「屋台引いてみたい！」と止める間もなく屋台を引き出す姉妹。焦って後ろを支えながらも、子どもたちの目がとっても輝いていたのがうれしかった。「屋台を引かせて」は大人にもたまに言われるけれど。

出店場所の子どもたちや平林家のお絵描き教室に集う子どもたち。お店仲間の子どもたち、ご近所の子、学校の友達。日々いろんな子どもが来る。初対面だったり、たまにしか会わなかったりして最初はもじもじしていても、いつの間にか子ども同士遊びだす。ゲームも何もなくても遊べる。ただ走っているだけでも楽しいみたいだ。

そして、子どもたちの様子を、親に限らず誰かしらの大人の目が見守っている。

そんな昭和の下町のような光景を自然に見られることが、とても得がたい

幸せだと思う。

屋台を始めたころ、子どもたちの交流の場が生まれることは想像していなかった。それは始めてみて気がついたことであり、だんだんと、お客さんが作り出してくれたものだと思う。

今、大きくなったあの子たちが「小さかったころはあんなだった、こんなだった」と昔話をするのも楽しい。子どもたちが、その時期その時期で同じような行動をする連鎖を見るのも面白い。それは子どもの成長であり、出茶屋の成長でもある。子どもたちからもらうものは、とても大きい。

やがて子どもたちは大きくなって、自分の時間を過ごすようになり、お父さんお母さんと一緒に出茶屋に来ることは少なくなる。それは少し寂しいけれど、子どもの成長は楽しみなこと。

子どもたちの心の中に、出茶屋で過ごした時間のかけらが残っていますように。

日々会う人、遠くへ行ってなかなか会えなくなった人、たくさんの顔が浮かぶ。久しぶりに会う人とは、「はるちゃん大きくなったよねえ」という話で盛り上がる。平林家のつむちゃんに、沖縄に住む常連さんから手紙と絵本が届いた。遠くへ行った人にも、子どもたちの記憶が息づいている。
10周年を祝ってもらったとき、「次は20周年だね！」とかけ声が上がった。10年後、はるちゃんは20歳だ。今小さな子どもたちも、すっかりお兄さんお姉さんになっているだろう。「孫」も誕生するかもしれない。
枡本さんは94歳！　そしてみんなは……。

子どもたちが大人になったら、一人で珈琲を飲みに来てくれるだろうか。いつか子どもたちの誰かが、「屋台をやりたい」なんて言い出すこともあるかもしれない。

出茶屋はこれからも、子どもたちという希望を、見守っていきたいと願う。

「光」

20　出茶屋のこれから

ペタルさんの軒先に出店していたころ、並びのとんかつ「丸八」さんが40周年記念を迎えたと聞いた。ペタルさんや楽さんにもよく立ち寄っておしゃべりしていた丸八さん。出茶屋の珈琲もよく飲んでくれて、私のお昼ごはんにかつ丼を出前してくれた。

丸八さんの分厚いまな板は包丁で中央がへこんでいて、40年の重みを感じる。40周年、そこまで行くのは夢だなぁと思った。40年をこえ、今も同じ場所でおいしいとんかつを出している丸八さん。地域の常連さんや、近くのお店の人たちからの信頼は厚い。

そんな丸八さんが出茶屋を受け入れて応援してくれたからこそ、あの場所で出店できていたのだと思う。

出茶屋は2014年に10周年を迎えることができた。ここに至るまで、出店場所もいろいろ変わったし、周年イベントをやるというのがいまいちピンとこなかった。でも、あっという間なようで濃密な10年、みんなと一緒に歩んできたさまざまなことが浮かぶ。お礼が言いたい、そして一緒にお祝いしたいと心から思った。

山下さんの声かけから始まった出茶屋バーベキュー。「10周年ありがとうBBQ」という、お祝いを兼ねてバーベキューをすることにした。

バーベキューの前日は小金井公園で営業だった。12月、夕方16時も過ぎると真っ暗だ。そんな中、続々とお客さんたちが集まってくる。何か変だ。昼間、枡本さんが「今日の夕方は行けないけど……あ、言っちゃいけないんだっけ」とか何とか言っていたのを思い出す。

いよいよ閉店というときに、常連さんの磯部さんが音頭をとって、みんなからのサプライズが始まった。はるちゃんからもらった手づくりの感謝状。

そして、つむちゃんのお手紙とともに、さらに大きな箱も手渡された。

中を開けると、出茶屋手ぬぐいが並んでいた。


感謝状も手ぬぐいも、本来私からみんなに渡すもの。でも、10周年の記念に、お客さんと共有できている「気持ち」がとてもうれしかった。


翌日のバーベキュー。朝から準備を手伝ってくれる人。屋台の飾りつけをしてくれる人。火の番をしてくれる人。てきぱきと洗いものをしてくれる人。料理を作ってくれる人。お酒をついでくれる人。泥遊びをする子どもたち。火鉢や七輪を囲んでいろいろ焼いてくれる人。吹く人、弾く人、歌う人。

私は乾杯の音頭をとるだけ。みんなそれぞれ得意技を発揮してくれて、どんどん、おいしい食べ物や飲み物、おしゃべりが進む。

そしてスペシャルゲストに来てもらったのは、出茶屋初期からのお客さんのえりかちゃんと、出茶屋とはすでに顔なじみのメンバーたちによる、大人のチアダンス部「キュリアス（curious*）」。キュリアスには小金井のお祭りで踊ってもらったり、彼女たちのライブを観に行っていつも元気をもらっていた。真冬の公園で、思いっきりチアダンスで応援してくれたキュリアス。

普段はオーディオでダンスナンバーを再生して踊る彼女たち。1曲、自分たちの声だけで出茶屋のために歌詞と振り付けを創作してくれた曲があった。10周年のお祝いと、みんなへの感謝が込められた曲に涙が出た。

フラッグや風船でお祝いしてもらった屋台。前日にいただいた感謝状を飾り、そして来てくれたみんなに、作ってもらった手ぬぐいを手渡した。

10年、たくさんの人の顔が浮かぶ。日々、顔の見えるやりとりを重ねられる幸せを思う。

そして、「屋台」は、お客さんがお客さんを呼ぶものだなあ、としみじみと思う。

お客さん一人ひとりのことを紹介したいくらい。でもそれは、言葉ではなく、出茶屋で珈琲とともに流れる時間を味わってもらえたらうれしい。

枡本さんが「ここは珈琲屋だぞ」と冗談交じりに言うくらい、珈琲だけじゃない。珈琲を中心に、来てくれるお客さんが作り出す時間がここにはあると思っている。

だから屋台はやめられない。

庄司さんが、大学生になる娘さんに、「自立するってどういうこと?」と聞かれ、「つるちゃんをよく見てごらんよ」と答えたという。

それを聞いて驚いていると、「あのね、鶴巻の巻は、〝巻き込む〟の巻だと思ってるよ」と言われて噴き出してしまった。
「いや、いい意味でさ。周りに頼れる人がたくさんいること、それが自立してるってことだと思うんだ」と笑ってくれた。

本当にみんなを巻き込んでいる。これを自立というのかどうかわからないけれど、巻き込まれてくれるみんながいて、初めて出茶屋がある。

出茶屋のこれから。
何歳になっても、日々誰かに珈琲を淹れていたい。
そしてこの先も周りの人を巻き込んで、この街の風景の一つでいたい。

「木漏れ日とボンボンと日常」

おわりに

「かもめの本棚」編集部の村尾由紀さんから最初に連絡をもらったのは2013年の11月。WEBマガジン創刊の第1回インタビュー記事の取材依頼だった。「実は私、私用で三鷹に足を運んだ際に偶然、鶴巻さまのインタビューが掲載されている小冊子『ののわ』を手に取り、いつか、自分の媒体でご登場いただきたいと思っていた次第です」

ののわ編集の萩原百合さんが地域のお店を自分の足で回り、丁寧に取材してくれた記事。このつながりを大事にしたいと思った。

WEBマガジンの連載というお話をいただいて、まず挿絵を平林秀夫さんにお願いした。出茶屋の出店場所の中でもいちばん日常的な光景が繰り広げられる平林家。その様子をいちばん近くで見てきた平林さんが切り取る挿絵を楽しみに、1年半書き続けた文章がこの本になった。

ひと目惚れして移り住んだ小金井市。それぞれの時間を楽しみ、散歩をしている人の多いこの街でなかったら、出茶屋はここまで続けてこられなかっただろう。小金井という街と人に受け入れてもらい、足を運んでくれるお客さんに支えられて屋台を引く日々が『今日も珈琲日和』に詰まっている。

個性豊かな常連さんがたくさんいる中で、代表して帯文を書くことを快く引き受けてくれたアニメーターの吉田健一さんと小説家の木村紅美さん。お二人の言葉を帯にまとって、この本が出茶部のみんなの応援に包まれたように感じる。

みんなの顔を思い浮かべる。

出茶屋で珈琲を飲むお客さん。

出茶屋に欠かせないさまざまな物や、つながりを通して支えてくれるお店や仲間たち。

そして、向こう見ずに突き進んだ私を見守ってくれた両親と、執筆中に他界した兄。

私の人生と「珈琲屋台 出茶屋」にかかわってくれたすべての人たちへ感謝を込めて。

壁のない屋台で珈琲を楽しめる平和な日常が続きますように。

鶴巻麻由子（つるまき・まゆこ）

1979年千葉県生まれ。2004年に東京都小金井市に移り住む。同年、小金井市商工会が主催する「こがねい夢プラン支援事業」に応募し、リヤカーを用いた「珈琲屋台」のプランが採用される。注文ごとに豆を手挽きし、火鉢と鉄瓶で沸かした小金井の井戸水で心を込めて珈琲を淹れるスタイルで、現在は主に市内にある「オリーブ・ガーデン」と「平林家のお庭」の軒先、そして小金井公園の3カ所に、曜日ごとにリヤカーを移動させて営業。このほか毎月第1日曜の「はけのおいしい朝市」をはじめ、イベントやお祭りにも随時、店を出している。

「珈琲屋台 出茶屋」のホームページアドレス
http://www.de-cha-ya.com

撮影：街道健太
※4〜5、8〜9、13（下写真）、65（下写真）、73、76、80、111、119、133、141、217ページ
その他の写真は著者提供

この本は、WEBマガジン『かもめの本棚』に連載した「今日も珈琲日和」を加筆してまとめたものです。

今日も珈琲日和

2015年12月7日　第1刷発行

著　者　鶴巻麻由子

発行者　原田邦彦

発行所　東海教育研究所
〒160-0023　東京都新宿区西新宿7-4-3　升本ビル
電話 03-3227-3700　ファクス 03-3227-3701
eigyo@tokaiedu.co.jp

発売所　東海大学出版部
〒259-1292
神奈川県平塚市北金目 4-1-1
電話 0463-58-7811

印刷・製本　株式会社シナノパブリッシングプレス

装丁・本文デザイン　稲葉奏子、大口ユキエ

カバー装画・本文挿画　平林秀夫

編集協力　齋藤 晋

ISBN 978-4-486-03795-8　C0095